AGNÈS RIVA

Un autre ailleurs

roman

l'arbalète gallimard

l'arbalète
collection dirigée par
Charlotte von Essen

À Jean-Claude Bernard, l'audacieux architecte du quartier de la Haye-aux-Moines.

«C'est du jamais-vu», pensa Gilles ébahi en découvrant face à lui le quartier de la Haye-aux-Moines, un ensemble de résidences, de tailles et de volumes différents, agencées comme une casbah, dotées de terrasses créées çà et là dans les angles par d'habiles décrochés cubiques, et bâties avec des matériaux modernes laissant présager des appartements dernier cri.

De l'autre côté de la route, près de la toute jeune université, la drôle de tête de girafe d'un manège tourniquet dépassait d'un panneau marqué «Appartement témoin». L'animal de la jungle transplanté en banlieue, menton fièrement relevé dans le vent, semblait indiquer la direction des opérations en alternant des coups de tête à gauche et à droite, tandis que derrière lui, prêts à être livrés, se dressait une série de nouveaux immeubles tout aussi étonnants, en forme de S ou d'épis de maïs.

Gilles, que des annonces dans les journaux et la curiosité avaient poussé à venir à Créteil, tourna sur lui-même les yeux levés vers le ciel, pour contempler les grues qui rivalisaient de hauteur d'un chantier à un autre, les arcs des passerelles piétonnières en bois fusant dans les airs, les lampadaires boules bordant des allées bien nettes, un paysage tout neuf, incarnation du futur, dont les vides mêmes promettaient de nouvelles réalisations à venir.

Près de la guérite de location d'appartements, où étaient venus se renseigner ceux qu'il considérait déjà comme des aventuriers de leur époque, et qu'il jalousait, il avisa une affiche colorée annonçant la prochaine fête du lac, et se promit d'y être, quitte à dormir sur place n'importe où s'il le fallait.

Le métro parisien ne desservant pas encore le Nouveau Créteil, Gilles marcha depuis le terminus jusqu'au bord du lac, où trônait la préfecture du Val-de-Marne, qu'une brume de chaleur estivale nimbait d'une aura romantique. Les contours du plan d'eau artificiel commençant tout juste à se dessiner entre deux monticules de terre, le bâtiment administratif entouré de son parc immaculé demeurait pour l'instant le seul territoire achevé, une province à la pelouse vert bouteille se suffisant à elle-même, mais dont le gigantisme architectural organisait ostensiblement l'espace.

Gilles contempla subjugué les vitres teintées couleur caramel de la préfecture qui se reflétaient dans le lac, puis l'escalier de cérémonie en pierre descendant tout en bas des jardins jusqu'au ras de l'eau, comme si quelque embarcation venue d'une mer lointaine allait accoster là. Manquait à ce décor le passage d'un cygne, qu'il finit par s'imaginer voguer vers lui depuis la rive la plus vallonnée, là où se dressait l'ossature d'un hôtel en construction.

En bas, sur le quai, la fête qui battait son plein le tira de sa rêverie. Il se dégageait de la foule, que l'on avait circonscrite à la seule portion praticable du lac, une énergie qui galvanisa Gilles, le poussant à venir se mêler aux jeunes couples qui se pressaient dans les allées, manœuvrant des poussettes ou tenant des enfants par la main, entre les stands forains et les scènes dédiées aux chanteurs de variétés.

Quand il eut écouté chanter Gérard Lenorman et manqué de gagner une 4L à la loterie, il remonta vers le haut du plan d'eau, intrigué par un nouveau chantier. Sur la palissade qui en interdisait l'accès, une fresque naïve représentait des gens accoudés à une barrière qui, tournant le dos au vrai lac, regardaient des voiliers rouges et bleus de comptine naviguer sur un fond bleu. À côté, un panneau signalétique présentait la future réalisation : une porte d'entrée comme pour une ville close, un chemin aérien sinuant entre des immeubles descendant en gradins vers le lac, un air de village méditerranéen qui l'enchanta.

— Ça vous plaît ? lui demanda un monsieur d'un certain âge au front dégarni, qui s'était matérialisé comme par magie à ses côtés.

— Beaucoup, lui répondit Gilles, surpris.

L'homme, dont la tenue, un élégant costume trois-pièces assorti d'une pochette en soie mauve, contrastait avec les vêtements légers des promeneurs, sembla considérer un moment sa réponse.

— Oh, bien sûr, qui sait si tout ce tralala sera terminé un jour, finit-il par lui dire en insistant sur le mot tralala.

— Vous plaisantez, lui rétorqua aussitôt Gilles, j'ai visité l'autre jour un quartier où les immeubles poussaient comme des champignons.

— Ah bon, alors c'est la qualité des constructions qui va en pâtir.

— Mais non, pas du tout, s'offusqua le jeune homme, lui montrant du doigt la façade entièrement vitrée de la préfecture. Les matériaux et les techniques se sont tout bonnement améliorés, tout est réalisable aujourd'hui.

— J'avoue que cet édifice-là est assez impressionnant, lui concéda le monsieur.

Conforté dans son désir d'emménager à Créteil, Gilles afficha un large sourire victorieux, sans remarquer que le drôle de personnage l'observait de plus en plus attentivement.

— Et cette boue, les camions, le bruit qui règne en permanence, ça ne vous gêne vraiment pas ? insista l'homme avant d'éponger délicatement les gouttes de sueur qui perlaient à son front.

Gilles reconnut ne pas y avoir beaucoup prêté attention.

— En fait je trouve ça gai les chantiers, finit-il par répondre au monsieur.

Voyant qu'il s'apprêtait à partir, l'homme tira une carte de visite de la poche intérieure de son veston.

— Tenez mon garçon, lui dit-il en la lui tendant, si vous êtes intéressé j'aurai peut-être quelque chose pour vous.

Gilles, qui avait pris la carte, la considérait maintenant avec des yeux écarquillés.

— Passez me voir mardi matin à mon bureau, lui proposa le maire de la ville.

Puis il tourna les talons et s'éloigna d'un pas martial.

Un centre d'information regroupant tous les renseignements sur le Nouveau Créteil accueillait les visiteurs chaque jour jusqu'à vingt et une heures. Gilles y traîna sa mère le lendemain dès qu'elle eut fini son travail, dans l'espoir de la convaincre d'emménager là-bas.

— Tu es sûr que c'est là? s'inquiéta la femme en apercevant une étoile de verre à huit branches, plantée tel un vaisseau extraterrestre au milieu de nulle part, et dont les éléments intérieurs, bien qu'éclairés d'une chaude lumière orangée, apparaissaient striés par les arêtes chromées de la façade.

— Aucun doute, la rassura son fils avant de pousser la porte de la salle d'exposition qui était presque vide, à l'exception d'un groupe tout au fond de la pièce s'exprimant bruyamment dans une langue étrangère.

À l'intérieur, sous un plafond rouge et bleu décoré par Vasarely, une série de panneaux présentait le projet du Nouveau Créteil, depuis l'idée qu'avait eue un jour le maire de construire sur un terrain désespérément plat et sablonneux, jusqu'aux réalisations en cours et à venir. Gilles ne tarda pas à y trouver matière à défendre son projet.

— Regarde comme les constructions sont originales, dit-il à sa mère en lui montrant les différents quartiers de la ville constitués d'immeubles aux formes géométriques, entourés d'équipements collectifs et de mobilier urbain assortis. Et il y aura même une « rue chaude », continua-t-il ravi.

Il énuméra les nombreux avantages de cette rue animée de nuit comme de jour, qui devrait bientôt proposer des cafés, des restaurants, mais également un night-club et plusieurs salles de cinéma.

— Paris c'est complètement has been, finit-il par conclure, on pourrait très bien s'en passer.

— Oui, mais c'est quand même là-bas que je travaille, modéra sa mère.

— Lis bien maman, il est marqué là-dessus que grâce à la ligne de métro qui ne va pas tarder à être prolongée tu seras à Opéra en trente minutes.

La mère de Gilles, une petite femme assez austère aux cheveux déjà grisonnants relevés en chignon, regarda très attentivement le panneau, puis contempla incrédule le terrain vague à l'extérieur du centre.

— Ça n'en a pas bien l'air quand même, répondit-elle à son fils, qui envisagea un moment de tout lui réexpliquer, avant d'opter pour un changement de stratégie.

— Tu sais que pour le même loyer qu'à Paris nous pourrions avoir une pièce en plus ?

Le visage de la femme, qui s'était éclairé un instant, se rembrunit aussitôt.

— À vingt-trois ans tu vas bientôt partir, qu'est-ce que tu voudrais que je fasse avec une pièce en plus ?

À court d'arguments, Gilles se mit à déambuler à travers l'exposition, l'air accablé. Tout au fond du centre, là où s'ouvrait la salle des maquettes, il manqua de peu de se retrouver face au maire qui recevait ce jour-là une délégation étrangère.

— Et puis tu comprends, moi j'aime bien Paris, crut bon de se justifier sa mère après l'avoir rejoint.

— Alors là c'est le pompon ! explosa le garçon, mais qu'est-ce que tu peux bien aimer à Paris ? Le vingtième arrondissement c'est sale, c'est moche, il n'y a jamais rien à faire, et puis de toute façon nous sommes fauchés.

— On a toujours vécu là, lui répondit sèchement sa mère, qui n'appréciait pas qu'il lui parle sur ce ton. Et puis ce n'est pas comme si on était obligés de partir parce que le propriétaire nous avait augmenté le loyer.

— Pardon maman, tu dois avoir raison, lui dit Gilles de peur qu'elle ne se braque définitivement, passant son bras sous le sien en signe de réconciliation.

Tout en l'entraînant vers la sortie, il songea qu'il

allait rencontrer le maire le lendemain, et qu'il ne manquerait pas ensuite de revenir à la charge.

Le quartier du vieux Créteil était très tranquille quand le jeune homme le traversa le lendemain matin pour se rendre à son rendez-vous. La grande maison bourgeoise qui faisait office de mairie en attendant un futur déménagement vers le Nouveau Créteil se dressait au centre d'une petite place, à deux pas de la vieille église et des commerces. Signe que les temps étaient en train de changer, les deux jeunes hôtesses postées à l'accueil avaient été affublées de badges indiquant leurs prénoms : Nathalie pour la blonde, et Aline pour la brune.

Gilles, qui avait flashé de loin sur la blonde, se présenta de préférence à elle, mais fut déçu de voir que de près elle était plutôt terne. À ses côtés, Aline, bien plus pétillante, s'employait à remettre un usager à sa place au téléphone.

— Écoutez madame, si vous insistez pour vous plaindre directement à monsieur le maire, je veux bien essayer de vous le passer, mais sachez qu'il n'est pas particulièrement patient, finit-elle par dire assez sèchement à son interlocutrice.

Dès qu'elle eut raccroché, sa collègue, qui était occupée à trier du courrier, lui fit signe de s'occuper de Gilles.

— L'Amiral va vous recevoir immédiatement,

annonça Aline au jeune homme après avoir contacté le secrétariat. Venez, je vous y accompagne.

Gilles, qui avait suivi ravi la silhouette élancée de la jeune femme jusqu'au premier étage, traversa derrière elle une vaste salle dont les peintures murales représentaient des vues des bords de Marne, avant de pénétrer dans le cabinet du maire : une pièce de taille moyenne dont chaque espace, jusqu'au plafond recouvert de plans, était occupé par un dossier ou par une maquette ayant trait au Nouveau Créteil. L'Amiral, qui trônait au milieu de ce bazar derrière un bureau trop grand, semblait déborder d'énergie, n'attendant plus que d'investir un nouvel écrin à la mesure de son ambition.

— Merci, mon petit, félicitations. Pour une fois vous êtes venue directement sans prendre le temps de refaire vos ongles, dit l'homme à Aline, échangeant un regard complice avec Gilles qui se sentit obligé de rire.

— Impeccables de la tête aux pieds, c'est pourtant bien ce que vous nous demandez, non ? lui répondit l'hôtesse du tac au tac, avant de ressortir en refermant la porte derrière elle.

— Asseyez-vous, ne vous préoccupez pas d'elle, dit le maire à Gilles tout en lui indiquant aimablement une chaise face à son bureau. Parlons plutôt de vous. Figurez-vous que, bien que vous ne m'ayez vous-même pas remarqué, je vous ai aperçu hier au centre d'information en compagnie de votre maman.

Gilles, confus, s'apprêtait à s'excuser, mais le maire ne lui en laissa pas le temps.

— Un bon point pour vous, jeune homme, vous semblez nourrir un réel intérêt pour Créteil, mais qu'en attendez-vous au juste ? lui dit l'Amiral, avant de planter son regard droit dans le sien.

Surmontant sa timidité, Gilles entreprit de lui narrer son coup de cœur pour cette ville où tout lui semblait réalisable, y compris démarrer une nouvelle vie, si toutefois quelqu'un voulait bien lui laisser sa chance.

— Travaillez-vous actuellement ?

— Non, j'ai étudié la sociologie à l'université, mais je n'ai effectué depuis que des petits boulots pas très intéressants.

— Parfait, se réjouit le maire, qui ajouta, les mains croisées et le buste penché vers l'avant : vous n'arriverez donc pas pollué par des expériences trop marquantes.

Gilles, qui ne voyait pas où il voulait en venir, tenta de se redresser encore un peu plus sur sa chaise pour faire bonne impression.

— Maintenant écoutez-moi bien, car je vais vous confier une mission de la plus haute importance, dont l'avenir de Créteil dépend. Avez-vous déjà entendu parler d'animation globale ?

L'intéressé lui fit signe que non.

— À votre avis, combien de temps faudra-t-il à un nouveau Cristolien pour s'intégrer tout à fait dans cette ville ? Devons-nous laisser faire le temps, ou lancer sans attendre un processus d'évolution ?

— Agir dès maintenant, lui répondit Gilles, priant pour que ce soit la bonne réponse.

— C'est là que l'animation globale intervient, lui dit l'Amiral tout content, et il lui expliqua combien il était nécessaire de former communauté dans une ville comme Créteil en pleine mutation, constituée d'une population déracinée dont les besoins urgents, bien que prévus, n'étaient pas encore satisfaits aujourd'hui. Je compte donc sur vous pour répondre à toutes les demandes exprimées par ces courageux pionniers, dans l'ouverture la plus grande et dans l'écoute la plus attentive, conclut-il sur un ton théâtral.

Gilles, qui n'avait pas tout compris mais voulait pardessus tout bien faire, se risqua à demander quelques explications.

— J'ai l'intention de vous plonger au cœur de la population, dans le quartier de la Haye-aux-Moines, lui répondit l'Amiral. Vous vous y ferez connaître, avant d'y organiser des rencontres. D'ici un an, vous devrez avoir identifié un groupe de leaders, susceptibles de représenter leur quartier au sein de l'état-major de la ville.

— Dans quel but ? s'enhardit à demander Gilles.

— Vous verrez au fur et à mesure, lui répondit le maire avec un geste évasif de la main.

— Quand souhaitez-vous que je commence, monsieur ?

— Dès samedi ! Le logement va avec la fonction et votre salaire s'élèvera à mille cinq cents francs par mois. Au terme d'un an de stage, si vous avez fait vos preuves, nous procéderons à votre titularisation. Votre avenir est tout tracé mon garçon.

— Je ne sais comment vous remercier...

— Ah, une dernière chose, le coupa le maire, avant d'aller frapper à la porte du bureau d'à côté. Chacun de mes adjoints étant rattaché à l'un des nouveaux quartiers, vous serez chapeauté dans l'exercice de vos fonctions par M. Julien, que voici.

Un petit homme chauve d'une cinquantaine d'années franchit le seuil de la porte, salua Gilles d'un signe de la tête, puis repartit aussi sec.

— Vous passerez quand même me voir de temps à autre pour me tenir informé, glissa l'Amiral à l'oreille du jeune homme tout en le poussant gentiment vers la sortie. Et n'oubliez pas de retirer un dossier de recrutement à l'accueil.

Gilles, qui était aux anges, ne se le fit pas dire deux fois.

« C'est quand même dingue de trouver un boulot et un logement en même temps », se répétait-il en redescendant vers le poste d'accueil, où Aline, que le maire avait dû prévenir, lui préparait déjà les documents.

— Je tenais vraiment à m'excuser d'avoir ri tout à l'heure, s'empressa-t-il de lui dire. C'est idiot, mais les entretiens d'embauche m'ont toujours rendu trop nerveux.

— Pas grave, lui répondit l'hôtesse, sans pour autant lever la tête du dossier qu'elle était en train d'annoter. Eh merde, j'ai encore cassé mon stylo, se plaignit-elle à sa collègue, ça fait le deuxième en une semaine.

— Tu appuies toujours trop, lui reprocha Nathalie.

Dès que Gilles eut tourné les talons, les deux jeunes femmes se concertèrent du regard.

— La veste et la cravate ont dû beaucoup plaire à l'Amiral, ironisa Aline.

— Dommage, il est mignon quand même, lui répondit sa copine.

— Vous habitez le quartier de la Haye-aux-Moines ? demanda Gilles à une petite dame à la mise en plis impeccable, avant de lui tendre un feuillet sur lequel étaient imprimés son nom, sa fonction, ainsi que les coordonnées de la loge, que le gardien avait accepté de mettre à sa disposition pour les permanences. N'hésitez pas à passer me voir pour faire connaissance, ajouta-t-il tandis qu'elle partait rejoindre la foule bigarrée composée de cadres moyens et d'ouvriers, de natifs de Créteil ou d'ailleurs, qui se déversait chaque samedi sur le parking du supermarché au son d'une musique brésilienne.

Carrefour, son oisellerie baptisée Aux îles Canaries, son magasin d'autoradios, son pressing, et d'autres bâtiments sans style, vivants témoignages de ce qu'avait dû être le Créteil d'avant les grues, s'étendait anarchiquement sur une vaste esplanade, tandis que les nouvelles résidences bleu et blanc parfaitement alignées du quartier de la Croix-des-Mèches lorgnaient sur lui tout autour.

Cette cohabitation entre l'ancien et le moderne ne pouvant pas perdurer très longtemps, Carrefour allait probablement s'intégrer au futur centre commercial régional, abandonnant derrière lui les piaillements des oiseaux, les longues enfilades de chariots, et les voitures à perte de vue. En attendant, faute de commerces et de bistrots, le supermarché doté d'une cafétéria au premier étage demeurait l'endroit le plus animé de la nouvelle ville.

Gilles, qui l'avait bien compris, était venu se poster tôt à quelques mètres de la sortie du magasin, avant que des vendeurs ne le contraignent à reculer jusqu'au pied de l'enseigne lumineuse, dont les rayons bleu électrique, loin de rendre sa présence incongrue, semblaient former autour de lui une enveloppe protectrice.

Évidemment l'exercice était un peu barbant, songeait-il tout en dégainant ses prospectus, mais il fallait bien commencer quelque part pour initier une dynamique. Intimement convaincu que Créteil ne pouvait laisser personne indifférent, il se voyait déjà en train de rencontrer les pionniers avec lesquels il allait construire l'avenir, et qui lui soumettraient peut-être d'emblée des propositions étonnantes.

— Venez échanger sur votre nouveau quartier, dit-il

à un jeune couple qui passait près de lui, leur chariot rempli de matériel de puériculture. Je vous attends dès lundi pour répondre à toutes vos questions.

— Merci, nous allons regarder ça de près, lui promit la femme, avant de le gratifier au passage d'un sourire si aimable qu'il encouragea Gilles à poursuivre ses efforts jusqu'à ce que le parking ne commence à se vider, sous un coucher de soleil jaune vif, les voitures laissant la place à de jeunes naufragés du samedi soir tournant à mobylette, ou jouant à saute-mouton par-dessus les caddies.

Gilles écoutait un journaliste d'Europe 1 annoncer la reprise officielle des relations entre l'Occident et la Chine après trente ans de froid, ainsi que le prochain séjour de Georges Pompidou dans ce pays mystérieux, quand une première personne se présenta le lundi matin à la loge.

— La pipe d'évacuation de mes toilettes a été mal ajustée, il y a des fuites dans mon appartement, lui annonça de but en blanc le visiteur, un sexagénaire vêtu d'une parka grise usagée, dont les cheveux avaient été détrempés par l'orage.

Le jeune homme, qui s'était levé pour aller éteindre le poste de radio, se rassit derrière son bureau, l'air interloqué.

— C'est quand même malheureux pour un logement

neuf, ajouta le monsieur sur un ton étonnamment neutre.

— Vous cherchez le gardien peut-être ? hasarda Gilles.

— C'est bien vous qui avez distribué ça, non ? lui répondit l'homme, qui sortait un papier mouillé de sa poche et le lui dépliait méticuleusement sous le nez.

— Oui, c'est bien moi, dut reconnaître l'animateur.

— Il est écrit qu'il ne faut pas hésiter à venir vous voir pour toute question.

Gilles hésita un moment à lui expliquer quelles étaient ses véritables fonctions, avant de finir par décrocher le téléphone.

— Attendez, on va se débrouiller, lui dit-il.

Quand il redescendit quelques heures plus tard d'un studio où il était monté débloquer lui-même une baie vitrée, ce fut cette fois un couple qui se présenta à la loge.

— Bonjour, lui dit le monsieur, un barbu légèrement bedonnant, nous aimerions changer d'appartement, le nôtre ne nous convient pas du tout.

Gilles, qui venait d'emménager lui aussi, s'en étonna : les logements qui étaient très modernes jouissaient tous d'une double orientation, et même d'une salle de bains.

— Il est situé au rez-de-chaussée et la pièce principale donne sur la résidence d'en face qui nous cache le soleil, lui expliqua l'homme.

— En plus les gosses viennent jouer dans les rochers, juste sous nos fenêtres, ajouta sa femme.

— Vous ne l'aviez pas visité avant ?

Les deux quadragénaires se consultèrent du regard.

— C'est-à-dire que, le prix nous convenant, nous n'avions pas trop fait attention à ce point-là, finit par reconnaître l'homme.

— Plus on monte dans les étages, plus le loyer est élevé, crut bon d'ajouter sa compagne.

— On a quand même le droit d'avoir une salle à manger lumineuse ! s'exclamèrent-ils en chœur.

— Je vais voir ce que je peux faire, leur répondit Gilles, qui en fait ne voyait pas du tout.

Il en était encore à chercher à joindre le bailleur pour s'assurer qu'il restait au moins des appartements disponibles, quand son visiteur du matin débarqua à la loge la facture du plombier à la main.

— Eh bien non, lui expliqua le jeune homme quand celui-ci tenta de la lui remettre, c'est à l'entreprise qui a commis la malfaçon de la régler.

— Ça ira plus vite si ça passe par vous, lui rétorqua le monsieur sur un ton qui n'admettait pas de réplique.

Gilles prit la facture, bien conscient de mettre le doigt dans un engrenage dangereux.

En fin d'après-midi, le jeune homme rentra chez lui pour appeler sa mère. Son deux-pièces qui se composait d'un séjour en L traversant l'appartement, d'une cuisine, et d'un coin nuit dans l'angle rentrant du L, se trouvait à l'extrémité de la Haye-aux-Moines, dans un secteur où les résidences se faisaient plus hautes et la végétation plus présente. Une fois dans ses murs, il commença par se servir un grand verre de lait, avant d'aller décrocher son téléphone.

— Tu es bien installé ? Tu ne manques de rien ? s'inquiéta sa mère dès que la communication fut établie. Ne te penche pas trop du balcon surtout.

— Maman, je n'ai pas l'intention de jouer les équilibristes, plaisanta Gilles, qui s'efforça ensuite de la rassurer sur tous les autres points.

Quand elle lui demanda des nouvelles de sa première journée de travail, il jugea préférable de garder pour lui ses questionnements, se bornant à dire qu'il avait été très sollicité, et qu'il avait résolu de nombreux problèmes, ce qui lui laissa un sentiment de frustration et de vide dès qu'il eut raccroché. Tout en retournant à la cuisine pour se préparer un en-cas, il rêva d'une amoureuse attentionnée à qui il puisse tout raconter.

Le soir venu, comme il éprouvait le besoin de s'aérer un peu, il ressortit se promener dans les chemins qui sinuaient entre les résidences, s'étonnant d'y trouver disséminés de drôles de jeux d'enfants : des pyramides maçonnées traversées par des tubes, un cratère rempli de gros sable, des pas d'éléphant, une spirale en bois exotique, ainsi qu'un arrangement fantaisiste de sorties ménagées à l'avant et à l'arrière des immeubles, et de marches menant tantôt à des placettes, tantôt à des monticules de pierre.

La place vers laquelle convergeaient ces sentiers, et qui constituait le cœur de la Haye-aux-Moines, était une esplanade bordée de bâtiments de quatre étages, et d'une allée de vieux platanes qui en marquait l'entrée. Intimement intégrée au quartier, une école flambant neuve allait bientôt y ouvrir ses portes. Quand Gilles passa devant, une lumière s'alluma derrière une fenêtre.

« Sans doute un enseignant qui prépare sa rentrée », songea-t-il, avant de s'approcher pour découvrir une jolie jeune femme en combinaison blanche sans manches, en train de s'affairer dans une salle de classe.

Charmé par cette vision, il rentra chez lui tout émoustillé.

La semaine suivante, Gilles se rendit à la mairie pour finaliser son dossier. Heureux de voir qu'Aline était seule derrière le poste d'accueil, il lui fit passer les pièces administratives manquantes, ainsi qu'un tout petit paquet enrubanné.

— Qu'est-ce que c'est que ça ? s'étonna-t-elle, et elle découvrit un stylo quatre couleurs à l'intérieur de la boîte.

— Vous aviez cassé le vôtre la dernière fois, en remplissant mon dossier, lui rappela Gilles très ému.

— Ce modèle-là est beaucoup mieux, lui répondit gentiment Aline.

— Je viens d'emménager à Créteil et je ne connais personne, lui expliqua le garçon en prenant son courage à deux mains. On repasse un film de Sergio Leone, en ce moment au Gémini. Est-ce que vous accepteriez de venir le voir avec moi un soir ?

La jolie brune le dévisagea un moment comme s'il était un extraterrestre, avant de s'imaginer passer une soirée en compagnie de ce jeune homme aussi maladroit que touchant, qui avait quand même eu une délicate attention.

« Oh, et puis après tout pourquoi pas, se dit-elle, ce n'est pas lui qui me fera grand mal. »

— D'accord, mais je ne serai pas disponible avant deux semaines au moins, finit par lui répondre Aline, qui ne voulait pas qu'il se figure que c'était dans la poche.

Dix jours plus tard, Gilles, que l'adjoint au maire avait envoyé distribuer des livrets d'accueil au Palais, se heurta à de nombreuses portes fermées. Dans ce quartier voisin de celui de la Haye-aux-Moines, les résidences en forme d'épis de maïs et de choux sonnaient creux. Bien sûr tout le monde n'était pas encore revenu du travail, songeait-il sur le chemin du retour, mais cela n'expliquait pas tout.

À la Haye-aux-Moines, plus grand monde ne s'étant présenté à la permanence, une fois les premiers problèmes réglés, le jeune homme avait décidé d'aller lui-même à la rencontre des habitants. Armé du livret d'accueil contenant des informations de base, il s'efforçait depuis de nouer des contacts avec eux, se contentant de leur demander si leur installation se passait bien, ou de leur signaler qu'un enfant se penchait dangereusement d'un balcon. Persuadé que ce travail de fourmi allait finir par payer, il avait prévu de s'y tenir encore pendant quelques semaines, puis de convier tous les habitants à une réunion.

Une passerelle en bois reliait le quartier du Palais à celui de la Haye-aux-Moines en enjambant la grande route. Gilles, qui avait adopté une fois pour toutes cette nouvelle façon de se déplacer, l'emprunta pour retourner chez lui, heureux de pouvoir respirer librement tout en prenant un peu de hauteur.

Une fois parvenu à son extrémité, il marcha encore une cinquantaine de mètres avant de s'engager sur le toit d'un garage silo. Aussi large et haut qu'un mur d'enceinte, le bâtiment que Jean-Philippe Lenclos avait colorisé à l'aide de bandes de peinture jaunes, vertes et bleues dominait la place centrale de la Haye-aux-Moines, tout en servant de passage aux piétons venus des quartiers du Palais et de la Croix-des-Mèches.

Un niveau plus bas, le toit-terrasse de la nouvelle

école primaire, accessible depuis la place par une rampe rouge et vert foncé monumentale, tenait lieu à la fois de cour de récréation, de place suspendue, et de chemin piétonnier alternatif. Les deux espaces étant reliés entre eux par des volées de marches, on pouvait facilement passer de l'un à l'autre, ou bien descendre directement tout en bas par l'escalier couleur bleu foncé du parking.

Bien qu'il ait prévu de sortir bientôt avec Aline, Gilles choisit de descendre par le chemin de l'école, dans l'espoir de revoir la belle jeune femme entraperçue quinze jours plus tôt. Non seulement il ne la trouva pas, mais longer la cour de récréation réveilla chez lui de douloureux souvenirs d'enfance qu'il s'efforça de refouler.

Heureusement ici tout lui semblait plus doux et plus audacieux que ce qu'il avait connu, depuis la vaste cour sans grilles, largement ouverte sur le quartier, jusqu'à la vue panoramique que le toit-terrasse offrait aux écoliers. Gilles se demanda si le rapport au monde de ces jeunes Cristoliens, ni parisiens ni provinciaux, en serait changé et ce qu'ils deviendraient. L'échelle de la ville leur donnerait-elle des rêves plus grands ?

Le jour de la rentrée des classes déjà, lorsque leurs premiers cris avaient retenti dans le vide, toutes les résidences alentour penchées sur la cour surélevée comme sur un berceau, il lui avait semblé que plus rien ne serait jamais comme avant, et que le temps même allait s'écouler pour ces enfants différemment.

— Vous avez déjà vu le film? demanda Gilles à Aline tandis qu'ils faisaient la queue pour acheter leurs places.

— Tu peux me tutoyer, tu sais, lui répondit celle-ci. Oui je l'ai déjà vu, mais ça ne me fait rien de le revoir. J'avais adoré la musique d'Ennio Morricone, et puis la fameuse scène où ils font sauter le pont.

Gilles, qui avait manqué *Il était une fois la révolution* à sa sortie, acquiesça sans rien dire. La nouvelle ville ne possédant pas encore de cinéma, il avait rejoint Aline directement sur place, dans l'ancien Créteil, là où elle partageait un pavillon un peu décrépit avec sa collègue Nathalie et une autre amie.

Une ouvreuse les précéda à l'intérieur de la salle du Gémini, un cinéma récemment rénové et plutôt chic, lieu de rencontre des habitués du quartier.

En attendant le début du film, Gilles, très intimidé, se taisait, tandis qu'Aline l'observait amusée. Cheveux châtain clair, yeux bleus, blouson de cuir et baskets, c'est sûr qu'il aurait pu lui plaire, s'il n'avait pas été aussi emprunté, songeait-elle.

Se rappelant que le maire lui avait mis à disposition un logement, elle se demanda s'il y habitait seul, et s'il avait l'intention de l'y inviter après la séance.

«Sans doute pas», se dit-elle en voyant qu'il se contentait de lui jeter des regards attendris.

— Tu vas prendre des notes sur le film ? lui demanda-t-il alors qu'elle sortait un carnet et un stylo de son sac.

— Non, sur la rénovation du cinéma, pour l'édition Val-de-Marne du *Parisien*, lui expliqua Aline. J'aurais préféré écrire la critique du film, mais on attend seulement de moi que je parle du confort des sièges et de la couleur du papier peint.

— Et tu fais ça depuis longtemps ?

— Les chiens écrasés, tu veux dire ? J'ai commencé à l'université, en même temps que mes études de lettres, ça m'occupait.

— Mais pourquoi tu n'as pas continué la fac ? s'étonna Gilles.

— Nathalie travaillait déjà à la mairie, quand il a été question de créer un deuxième poste en vue du futur déménagement, lui répondit la jeune femme. J'ai pensé que ça pouvait être intéressant de travailler dans un grand hôtel de ville. Et puis j'en avais ras le bol des études, je ne voyais pas où ça pouvait me mener.

«Est-ce que je passe mon bras autour de son cou ? Est-ce qu'elle attend que je le fasse ?» s'inquiéta Gilles, dès que le film eut commencé.

Les quelques centimètres de cuisses que révélait

la jupe courte d'Aline ayant beau lui faire beaucoup d'effet, le garçon hésitait à agir, de peur de se rendre ridicule.

«Allons, on ne se jette pas comme ça sur une jeune fille au premier rendez-vous», se morigéna-t-il.

Juste avant l'entracte, pourtant, tandis que Maria Monti embrassait alternativement ses deux partenaires à l'écran, il fut tout près de poser sa main sur celle d'Aline, avant de finalement y renoncer.

— Je vais aller nous chercher deux glaces, lui annonça-t-il quand la lumière se ralluma.

Aline qui raffolait des publicités sur grand écran s'enfonça un peu plus dans son fauteuil en l'attendant. Sur fond de paysage tropical, la marque de rhum Saint James invitait les spectateurs à mettre «un peu de mystère dans leurs soirées».

«J'adorerais aller là-bas», se dit la jolie brune tout en admirant la végétation dense et sauvage de la Martinique.

«Il existe une fraîcheur aussi exaltante que le surfing sur les vagues de l'océan» promit la publicité suivante.

«Fa, lalalala, lalalala…» Sur une musique qui allait crescendo, dans un endroit lointain perdu entre la mer et le ciel, une femme au maillot de bain blanc, allongée sur une planche, se jetait à corps perdu dans les flots.

Comme chaque fois qu'elle la voyait, cette réclame provoqua chez Aline un petit bouleversement. La musique envoûtante alliée au cadre indistinct qui laissait toute la place à l'imagination la ramenèrent vers un espace de grande intimité et de sensualité qu'elle portait en elle. Qu'une simple publicité ait réussi à donner vie à son fantasme la troublait énormément. Voyant que Gilles revenait vers elle, elle remua un peu sur son siège, le rose aux joues.

— Désolé, il ne restait plus que des esquimaux à la fraise, s'excusa le garçon avant de se rasseoir à ses côtés.

Aline, qui regrettait finalement qu'il ne soit pas passé à l'attaque, lui prit la glace des mains en soupirant intérieurement.

« Ça aurait pu être sympa », se dit-elle.

Après le film, sous prétexte de prendre un peu l'air, Gilles l'invita à marcher jusqu'à chez lui.

— Tu habites là tout seul ? voulut savoir Aline quand ils furent arrivés au pied de sa résidence.

— Oui, lui répondit-il fièrement, ma mère a préféré rester à Paris.

— Les immeubles sont pas mal, reconnut la jeune femme, bien qu'elle préférât au fond le charme des quartiers anciens.

Le temps étant clément, ils s'assirent un moment sur un banc en béton, devant un talus orné d'un gros rocher. Tout autour d'eux, les grappes de ballons lumineux des réverbères qui flottaient dans les airs au détour des allées ainsi que les chaudes lumières orangées émanant çà et là des appartements conféraient à la nuit une atmosphère unique. Gilles, qui trouvait le décor beaucoup plus romantique qu'au cinéma, se sentit aussitôt très à l'aise.

— Imagine quand la végétation aura poussé, comme ce sera magnifique, dit-il à Aline.

— Oui, j'imagine bien des plantes exotiques, le taquina celle-ci, quelque chose de foisonnant, tu vois, comme des palmiers, des manguiers, ou peut-être des lianes qui pendraient des lampadaires. Et puis du rose aussi sur les murs, parce que je trouve les peintures bleues et vert foncé qu'on voit partout un peu trop criardes.

— Pourquoi pas, lui répondit Gilles un peu vexé, après tout le maire m'a donné carte blanche pour améliorer le quartier avec les habitants. Demain, par exemple, je dois aller rencontrer les élèves de l'école.

— Tu penses vraiment que l'Amiral va vous écouter ? lui demanda Aline, l'air dubitatif.

— Est-ce que tu as déjà essayé de discuter avec lui au moins ?

— Avec ce gros connard qui ne nous appelle jamais par nos prénoms ?

— Il ne peut pas tous se les rappeler quand même.

— On a des badges ! s'écria la jeune femme, et elle sortit une Gitane et un briquet de son sac à main.

Gilles, qui trouvait vulgaire de fumer pour une femme, la regarda allumer sa cigarette d'un air agacé.

— Il attend simplement de nous qu'on sourie toute la journée comme des potiches, s'efforça-t-elle de lui faire comprendre.

— Mais non, tu occupes un poste de confiance, regarde, tu es la première personne à qui on a affaire en arrivant à la mairie.

Aline, qui commençait à se sentir nerveuse, tira plusieurs fois sur sa jupe.

— Ah oui, et c'est sans doute pour ça qu'il demande à valider la moindre petite fiche de renseignement ?

— Tu n'exagérerais pas un peu quand même ? plaisanta Gilles.

— Parfait, je te laisse avec ton maire alors, lui répondit Aline, se levant brusquement pour partir.

Le lendemain matin, Gilles, tout en s'efforçant de se remettre de sa déconvenue de la veille, alla retrouver l'adjoint au maire et le photographe de la mairie devant l'école de la Haye-aux-Moines.

— Je vous préviens, je ne vais pas pouvoir rester très longtemps, leur annonça d'emblée M. Julien.

Il se précipita à l'intérieur de l'établissement dès que les portes furent ouvertes.

— Alors monsieur le directeur, cette nouvelle école ? j'espère que tout se passe bien, demanda le petit homme chauve au chef d'établissement, sans prendre le temps d'écouter sa réponse.

Les enfants descendaient bruyamment les escaliers depuis le toit-terrasse pour retourner en cours, alors le directeur entraîna leur délégation un peu plus loin dans le hall, vers un espace destiné à servir de lieu de rencontre polyvalent.

— Avant de commencer la visite, j'aimerais vous rappeler la particularité de cette école, leur dit-il. Nous avons souhaité qu'elle soit ouverte pour pouvoir assumer des fonctions d'échange et de relations sociales, ce qui signifie qu'elle appartient aussi bien aux enfants qu'aux parents, qu'aux professeurs et aux animateurs. C'est pourquoi les espaces ici sont tous évolutifs, ajouta-t-il, tandis que l'adjoint au maire que ces explications ne semblaient guère passionner se faisait prendre en photo sous différents angles.

Dès que les enfants eurent regagné leurs classes, le directeur et ses visiteurs retournèrent vers la cage d'escalier, qui avait été conçue comme un gros jouet, depuis le sol recouvert d'un vernis bleu indigo jusqu'aux escaliers peints en rouge cerise, dont le dessous avait été aménagé en cachette. Tapis dans cet entre-deux, les écoliers pouvaient s'isoler un moment, jouer, ou bien regarder leurs camarades monter et descendre à travers les larges cercles qui y avaient été découpés.

Gilles écouta poliment leur guide, puis, n'y tenant bientôt plus, s'éloigna du groupe pour aller fureter à l'intérieur de la cachette. Renouant avec des sensations oubliées, le jeune homme qui s'était assis sur un cube en mousse songea qu'il aurait adoré fréquenter cette école-là plutôt que la sienne, un bâtiment gris sans âme, coincé entre deux immeubles, où élèves et personnels l'avaient traité comme un paria sous prétexte qu'il vivait seul avec sa mère. « C'est formidable que des adultes aient pensé au plaisir des enfants », s'enthousiasma-t-il, avant de se demander à nouveau si ces élèves auraient une vie différente de la sienne.

— Bon, maintenant je vous abandonne, lui dit l'adjoint au maire dont la tête venait de s'encadrer dans l'un des cercles, tâchez de nous trousser un petit compte-rendu avec de bons mots d'enfants, le maire adore ça.

Dès qu'il fut parti en emmenant le photographe avec lui, Gilles quitta sa cachette pour suivre le directeur vers le fond du bâtiment, où se trouvaient les salles de classe.

— Toutes peuvent être indépendantes, ou bien former un espace unique si l'on fait glisser les meubles à roulettes, lui expliqua le chef d'établissement.

Il poussa la porte de l'une d'entre elles. À l'intérieur de la salle, une jeune institutrice et une vingtaine d'élèves assis devant des pupitres en plastique orange attendaient la venue de la délégation.

— Je vous laisse avec Isabelle, dit le directeur à Gilles, qui, ayant reconnu la femme à la combinaison blanche aperçue un soir par la fenêtre, s'empressa de venir lui serrer la main.

— Monsieur, qui travaille pour la ville, aimerait savoir comment vous vous sentez à Créteil, ainsi que dans votre quartier, expliqua la maîtresse d'école à ses élèves, une fois le chef d'établissement sorti.

Un profond silence suivit cette déclaration, que finit par rompre une petite blonde à robe courte et chaussettes hautes.

— Y a tout qui pousse ici, et le matin on est réveillés par les oiseaux, dit-elle assez timidement à Gilles, avant que son voisin, vêtu d'un pull jacquard marron, ne se dresse tout à coup sur sa chaise.

— Si on a une école neuve, c'est grâce à Pompidou ! s'écria-t-il d'un trait, déclenchant une hilarité générale qui détendit considérablement l'atmosphère.

— C'est bien quand même d'avoir une vraie salle de bains, déclara ensuite un gamin habillé en salopette.

— À Carrefour, c'est avantageux, mais c'est embêtant de faire la queue.

— Vivement qu'on ait le centre commercial !

Les réponses fusaient maintenant, mais Gilles qui avait envie de savoir ce que ces enfants pensaient vraiment, plutôt que ce qu'ils avaient entendu chez eux, eut l'idée de circuler entre les pupitres pour regarder les dessins qui y étaient collés.

Il en vit plusieurs avec des formes géométriques, qui auraient sans doute beaucoup plu au maire, avant d'en repérer un qui l'intrigua particulièrement.

— C'est un vaisseau spatial? s'enquit-il auprès du petit blond à l'air rebelle qui en était l'auteur.

— Oui, avec un terrain de foot dessus, lui répondit l'enfant, tout en pointant du doigt un espace plat sur le haut de l'engin. Y en a même pas, par ici, des terrains de jeux, ajouta-t-il d'un air dégoûté.

— C'est vrai, renchérirent ses camarades.

— Plus tard, il y aura une grande base de loisirs sur le lac, leur expliqua Gilles pour leur donner espoir.

— Oui, mais monsieur, est-ce que ce sera prêt pour les grandes vacances? lui demandèrent en chœur les enfants.

— Il est possible que ça prenne encore un peu de temps, fut forcé de reconnaître le jeune homme.

— J'aime pas les vacances, conclut le petit blond dépité, prenant sa tête entre ses mains.

Gilles, qui souhaitait s'entretenir avec la maîtresse, alla s'asseoir au fond de la salle pour y attendre la fin du cours. Heureux qu'elle soit aussi jolie de loin que de près, avec sa coupe à la garçonne et ses grands yeux verts, il se mit à espérer qu'elle soit également plus gentille qu'Aline.

Lorsque le dernier élève fut sorti, Isabelle, qui était venue vers lui, ne tarda pas à lui confier sa joie d'avoir été nommée ici.

— C'est une école avec un vrai projet, lui dit-elle, j'apprécie beaucoup de ne pas avoir à travailler seule dans mon coin.

Encouragé par ces propos, Gilles lui parla brièvement de sa mission, des liens sociaux qu'ils s'efforçaient de créer entre les gens du quartier, ainsi que de la prochaine réunion qu'il envisageait d'organiser.

— Mais vous pourrez la faire ici, l'espace de rencontre dans le hall a justement été prévu pour ça, s'enthousiasma Isabelle.

Elle lui avoua avoir été déçue par le passage éclair de l'adjoint au maire.

— L'école est vraiment super, franchement les conditions de travail sont idéales, lui dit-elle, mais j'ai quand même une petite réserve, dont j'aurais aimé pouvoir lui parler.

— Prenez le temps d'en discuter avec vos collègues, de noter les points positifs comme les points négatifs, et ensuite on pourra aller voir M. Julien ensemble, lui proposa Gilles.

— Finalement, tu aurais aimé le faire avec lui ? demanda Nathalie à Aline, alors qu'elles sortaient le soir de la mairie.

— Ce n'est pas plus mal que ça ait raté, lui répondit son amie. La dernière fois que je me suis lâchée avec un mec, je suis tombée directement enceinte. Un coup de chance que j'aie fait une fausse couche.

— C'est sûr que tu n'auras pas toujours la même veine, constata Nathalie.

Sur le chemin qui menait à leur pavillon, un immense panneau publicitaire vantait à nouveau la fraîcheur sauvage du savon Fa.

« Éprouvez cette joie nouvelle », proclamait la réclame, tandis que sur l'affiche la femme au maillot blanc courait dans l'eau, le corps éclaboussé par les vagues.

— Le sexe c'est un attrape-couillon. Il y a toujours un prix à payer, décrétèrent en chœur Aline et Nathalie avant de continuer leur route.

Aline avait presque oublié Gilles, quand celui-ci se présenta quinze jours plus tard à la mairie, accompagné d'une belle jeune femme. «Il est finalement plus dégourdi que je ne l'avais pensé», songea-t-elle, un peu agacée.

En voyant les jeunes gens arriver, l'adjoint au maire, qui fumait un cigare dans le hall, vint à leur rencontre et les entraîna au pas de course vers son bureau. Gilles, le suivant de près, passa devant le poste d'accueil sans adresser le moindre signe à Aline. Celle-ci en resta bouche bée, tandis que sa collègue Nathalie s'appliquait à regarder ailleurs, pour ne pas la gêner.

Le bureau de M. Julien, qui était décoré bien plus sobrement que celui de l'Amiral, ne contenait ni plans ni photographies de la nouvelle ville, rien que des dossiers empilés sur un secrétaire, un portrait du général de Gaulle et un autre du président Pompidou, ainsi qu'un jeu d'engrenages en acier posé sur un trépied en guise de touche personnelle. Pendant qu'il écoutait

Gilles lui exposer la raison de leur venue, l'élu, qui semblait sur la réserve, ouvrait et refermait machinalement un tiroir.

— C'est bien que vous preniez votre mission à cœur, lui dit-il quand il en eut terminé. Et vous madame ?

L'institutrice, qui avait soigneusement préparé ses observations, s'était mise à décliner les points positifs de la nouvelle école, en commençant par le mobilier design, lorsque M. Julien l'interrompit.

— J'ai tendance à penser qu'on se soucie un peu trop des gamins de nos jours, lui déclara-t-il. De mon temps, on faisait beaucoup moins de chichis et tout se passait bien. Mais bon, que voulez-vous, il en va de l'Éducation nationale comme des collections de la haute couture, il y a des modes.

Isabelle, bien que déstabilisée, s'efforça de ne pas le montrer.

— J'ai remarqué qu'il y avait beaucoup d'éléments en bois dans l'école, que ce soit dans les meubles, dans les cloisons ou sur le toit, continua-t-elle, or il me semble que nous n'avons pas été suffisamment informés des conduites à tenir en cas d'incendie.

M. Julien prit le temps de réfléchir un moment avant d'aller ouvrir l'un des dossiers posés sur son bureau, de le feuilleter et d'y noter quelque chose.

— C'est moi qui me suis occupé personnellement de suivre toutes ces questions techniques, chère madame, finit-il par lui répondre. Vous vous doutez bien qu'aucun détail n'a été négligé. Continuez à vous occuper des enfants et ne vous en faites pas pour le reste, je prends tout en charge, ajouta-t-il, se levant pour raccompagner ses deux interlocuteurs jusqu'à la porte.

— Je crois qu'il y a des formulaires de sondage à l'entrée, dit Gilles à Isabelle, une fois dehors. Vous pourriez peut-être en remplir un pour laisser une trace.

— Je pense que ce serait préférable, en effet, approuva l'institutrice.

Quand ils furent redescendus à l'accueil, Gilles demanda le document à Aline comme si de rien n'était. La facilité avec laquelle il dissociait les choses ainsi que l'air complice que lui et Isabelle affichaient achevèrent de désarçonner Aline. Dès que les deux jeunes gens eurent franchi le seuil de la porte, elle se tourna vers Nathalie, qui se contenta de lui poser une main sur l'épaule.

Aline débarqua à la loge sans crier gare, le lendemain midi.

— Alors c'est ici que vous recevez les habitants? demanda-t-elle à Gilles.

— Provisoirement, lui répondit celui-ci, très étonné de la voir. Mais j'organiserai bientôt des rencontres à l'école.

Aline balaya la pièce du regard, puis saisit d'autorité une chaise pour s'asseoir en face de lui.

— J'aimerais que vous m'écoutiez aussi attentivement que vous le feriez avec n'importe qui, le prévint-elle.

Gilles allait pour se justifier, mais elle lui fit signe d'arrêter.

— Puisque vous êtes si bien avec monsieur le maire, j'ai une mission pour vous, lui annonça-t-elle fièrement, sortant une cigarette de son sac et l'allumant volontairement sous son nez. Mes collègues femmes qui ont des enfants arrivent souvent en retard au travail et se font systématiquement engueuler. On a beau déménager bientôt dans une mairie hyper moderne, aucune crèche n'a été prévue, c'est quand même dingue. Nous comptons toutes sur vous pour convaincre l'Amiral d'en ouvrir une, finit-elle par dire à Gilles, tout en le défiant du regard.

Pendant que le jeune homme se demandait comment il allait s'y prendre, la radio qu'il n'avait pas eu le temps d'éteindre diffusa un flash d'information.

« Les pays producteurs de pétrole durcissent leur production, annonça le présentateur, ils ne négocieront plus le prix de vente avec les compagnies, et ils prévoient une hausse immédiate importante sur le pétrole brut. »

Gilles, qui s'était levé pour aller couper le poste, frôla

Aline au passage. Qu'elle ait recommencé à le vouvoyer l'excitait passablement.

— Qu'est-ce qu'on en a à foutre du prix du pétrole, hein ? dit-il à voix haute pour se donner une contenance, tandis qu'il réfrénait l'envie de poser sa main sur la base du cou de la jeune femme, orné d'un délicat foulard rose, qui avait dévoilé en glissant une large portion de peau nue.

Quand il se rassit, Aline qui avait dû percevoir son trouble, lui lança un regard provocateur qui le fit rougir malgré lui.

— Revoyons-nous très bientôt pour reparler de tout ça, lui dit Gilles.

La cafétéria de Carrefour se prêtant mal à un tête-à-tête, c'est au Moulin de ma tante, un restaurant traditionnel du vieux Créteil, qu'il invita Aline à dîner. Derrière les fenêtres à croisillons et leurs rideaux qui tombaient à mi-hauteur se cachait une salle à la décoration rustique mais chaleureuse.

— Alors comme ça, tu travailles avec la maîtresse ? demanda Aline à Gilles dès que le patron les eut installés dans un endroit discret, près d'un mur en fausses pierres.

— Oui, on a des projets ensemble, lui répondit-il en souriant intérieurement. Pour le quartier, ajouta-t-il après un court laps de temps.

— Et ça marche bien ?

— Isabelle est vraiment super... Elle a l'air vraiment motivée à m'aider.

— Tant mieux pour toi, se força à lui dire Aline, bien que cette nouvelle l'ennuie visiblement.

Gilles, qui avait seulement voulu la provoquer un peu, se le reprocha aussitôt.

— Mais c'est juste boulot boulot, tu sais, s'empressa-t-il de préciser.

Depuis qu'ils étaient entrés dans le restaurant, il était sous le charme d'Aline, qui s'était vêtue pour la circonstance d'une élégante robe noire. À la lueur des bougies, avec ses cheveux tirés en arrière et son visage soigneusement maquillé, elle ressemblait à une femme plutôt qu'à une jeune fille, ce qui ne manquait pas de troubler Gilles encore davantage.

Quand le serveur leur apporta des feuilletés d'escargots en entrée, il commanda une bouteille de vin avec, pour se donner du courage. Au bout du troisième verre, il trouva enfin la force de poser sa main sur celle d'Aline.

— Tu sais, d'habitude quand je me fâche avec quelqu'un, c'est rarement moi qui fais le premier pas, lui confia la jeune femme qui avait un peu bu elle aussi.

— J'ai de la chance alors, lui répondit Gilles.

— J'espère ne pas me tromper, mais je me sens en

confiance avec toi, lui dit Aline, tout en lui caressant des doigts le dos de la main.

Les loupiotes de la devanture du Moulin de ma tante étaient toutes allumées quand le jeune couple ressortit du restaurant une heure plus tard. Ils traversèrent, main dans la main, les rues du vieux Créteil, longèrent des pavillons et quelques parcelles maraîchères, avant d'arriver dans la zone de terrains vagues qui formait comme une ligne de démarcation entre l'ancienne et la nouvelle ville. Une longue passerelle menant directement au quartier de la Haye-aux-Moines y enjambait une énième voie de circulation.

Dès que Gilles s'y engagea avec Aline, le jeune homme sentit une nouvelle force croître en lui.

« Personne n'a vécu dans ce coin-là de la ville avant moi et les autres pionniers », se répétait-il en traversant le pont, se plaisant à s'imaginer en train de cheminer vers un brouillon, une épure, un territoire où il serait permis, justement parce qu'il avait surgi de nulle part, de faire fi du passé et de s'affranchir de toute règle.

« Est-ce un cadeau qu'on a voulu faire à des jeunes comme moi, pour une fois ? » se demanda-t-il, éperdu de reconnaissance, sans savoir s'il fallait remercier le maire ou les architectes qui avaient œuvré, tels des géants penchés sur la ville, pour construire ces quartiers. Il lui sembla percevoir encore autour de lui leur présence bienveillante, ainsi que les encouragements à passer à l'acte qui lui étaient adressés.

« À espace neuf, homme neuf ! » décréta-t-il, avant de serrer plus fort la main d'Aline dans la sienne.

Au bout de la passerelle, là où les toits étagés des immeubles de la «casbah», en se mêlant à ceux de l'école, conféraient au paysage un air de joyeux désordre, les routes pour descendre vers la place divergeaient. Sans hésiter, Gilles entraîna sa compagne vers l'escalier le plus proche, puis se jeta sur elle pour l'embrasser dès qu'ils eurent mis un pied dans son appartement. Quand elle estima qu'il était temps d'aller plus loin, la jeune femme lui demanda où était sa chambre. Elle l'y conduisit.

« Fa, lalalala, lalalala… » Une porte s'entrouvrit sur l'océan, qu'Aline, vêtue d'un maillot de bain blanc comme la femme de la publicité, franchit le sourire aux lèvres, avant de plonger dans une étendue d'eau remuante qui absorbait tout l'espace, réduisant le ciel à une simple ligne.

« Fa, lalalala, lalalala… » Allongée sur une planche de surf, la jolie brune se lança dans le courant qui était déjà très rapide, se contentant de tendre le bras d'un côté et de l'autre, pour pouvoir se guider. Elle se laissa porter ainsi quelque temps, rafraîchie par l'écume, jusqu'à ce qu'une vague qui l'avait entraînée un peu plus haut que les autres ne se dégonfle brusquement, la faisant s'échouer sur le rivage.

Un ange passa.

— Désolé, mais c'était la première fois pour moi, finit par s'excuser Gilles, très embarrassé.

— Mais non, ne t'inquiète pas, lui répondit Aline un peu soulagée, c'était très bien comme ça.

Désireux de se faire pardonner, le garçon l'attira dans ses bras, lui passa tendrement la main dans les cheveux et sur le dos. Après s'être laissé câliner un moment, Aline lui rendit ses caresses. Il régnait dans la chambre, qui donnait sur l'arrière de la résidence, du côté de l'université, un calme absolu qui contribua à les apaiser tous les deux.

« Demain matin, on sera réveillés par les rossignols », songea Gilles en se remémorant les propos des élèves sur le quartier.

Depuis qu'il habitait ici, c'était la première fois que ce genre de pensée lui venait. D'habitude, il se contentait d'« utiliser » son logement, mangeant quand il fallait se nourrir, se couchant quand il tombait de sommeil, et s'ennuyant quand il y demeurait trop longtemps, mais désormais, grâce à la présence d'Aline à ses côtés, il avait bon espoir que les choses changent.

« Dès le week-end prochain je m'attaque à la décoration », se promit-il. Puis il sombra dans le sommeil.

Le lendemain matin, Aline et lui échangèrent un

dernier baiser dans le hall avant que la jeune femme ne sorte par l'arrière, moins par souci du qu'en-dira-t-on, avoua-t-elle à Gilles, que parce qu'elle avait toujours affectionné les chemins détournés.

C'était Noël avant l'heure quand Gilles retourna à Carrefour un mois plus tard pour annoncer la prochaine réunion de quartier. Sur la vaste esplanade qu'on avait commencé à décorer, des guirlandes dorées pendaient des façades sans style des bâtiments, et les canaris de l'oisellerie chantaient sous un décor de neige artificielle. Dans ce tableau hivernal, seule détonnait la musique tropicale que s'obstinaient à diffuser à plein régime les haut-parleurs du parking.

L'animateur, dont les conditions de travail s'étaient singulièrement améliorées depuis sa dernière mission, disposait à présent d'un stand aux couleurs de la municipalité, qu'il avait été autorisé à installer sur le côté du magasin, entre deux découpes en carton de Robin des bois grandeur nature. Une pile de déguisements du héros de dessin animé flambant neufs trônant dans la vitrine, juste derrière lui, le stand attirait surtout les enfants qui s'empressaient de venir coller leur nez à la vitre.

— Venez nombreux à la réunion de la Haye-aux-Moines ! en profitait-il pour dire à leurs parents.

Il leur tendait un exemplaire de la revue *Habiter Créteil*, dont il avait personnalisé la dernière page.

— La Croix-des-Mèches a déjà obtenu une pharmacie, ainsi qu'une salle des fêtes, leur expliquait-il pour les motiver, se plaisant à jouer de la rivalité qu'il supposait exister entre ces deux quartiers, construits dans les premiers.

Des boîtes de chocolats plein les bras, les passants se contentaient d'accuser réception d'un signe de la tête, à l'exception de ceux auxquels Gilles avait rendu service, qui faisaient parfois un détour pour venir le saluer.

« Tout cela est de très bon augure », se réjouissait le jeune homme, tout en insistant auprès d'eux pour qu'ils viennent défendre la place de leur quartier dans la ville à la prochaine réunion.

Il en était à distribuer son dernier paquet de tracts, quand il crut reconnaître au loin Aline de dos devant les cages de l'oisellerie. L'illusion dura à peine quelques secondes, le temps que l'inconnue se retourne, mais elle suscita chez lui une grande émotion. « Se pourrait-il que je sois vraiment tombé amoureux ? » se demanda-t-il, surpris.

Vers dix-huit heures, alors qu'il s'apprêtait à partir, le couple de quadragénaires qui s'était plaint à sa permanence du manque de luminosité de leur appartement déboucha du parking devant lui. L'homme, qui s'était d'abord contenté de lui lancer au passage un regard furibond, dut juger que la sanction était insuffisante, car il finit par faire demi-tour pour venir se planter devant lui.

— Vous ne servez à rien, monsieur ! lui asséna le barbu sur un ton catégorique, avant de tourner les talons pour aller rejoindre sa femme.

Gilles, qui n'avait pas vu le coup venir, resta un moment interdit. Certes, sa fierté était atteinte, mais il n'avait rien à se reprocher. À la demande de ces locataires, il avait cherché et trouvé un appartement mieux exposé quelques étages plus haut, mais le couple s'était obstiné à refuser le surloyer et l'avait laissé filer. Qu'ils lui en imputent maintenant la responsabilité était fort de café, s'agaça-t-il.

À deux pas de là, à moitié caché derrière l'une des effigies de Robin des bois, l'homme à la parka grise usagée, dont la tuyauterie des toilettes s'était révélée défaillante, n'avait rien perdu de la scène.

— Ne vous inquiétez pas, s'empressa-t-il de venir dire à l'animateur dès que son agresseur fut parti, moi je compte bien y venir à votre réunion.

Deux jours plus tard, Gilles sollicitait l'aide de l'institutrice sur une idée qui lui était venue après avoir rencontré ses élèves.

— Je souhaiterais organiser quelque chose avec les enfants du quartier pour qu'ils ne s'ennuient pas pendant les grandes vacances, mais je ne sais pas quoi, lui dit-il quand elle l'eut fait entrer dans la salle de classe. J'ai pensé que comme vous les connaissez bien vous pourriez m'être de bon conseil.

— J'aime bien l'idée, on peut y réfléchir ensemble si vous voulez, lui répondit Isabelle, qui l'invita à s'asseoir sur une petite chaise.

— Je tiens surtout à ce que les enfants réalisent quelque chose par eux-mêmes, et qu'ils voient grandir leur projet, lui expliqua Gilles dès qu'ils se furent installés de part et d'autre d'un pupitre.

La maîtresse tourna le regard vers la fenêtre, manière de se concentrer.

— On devrait leur trouver un projet qui les change de leurs habitudes, lui proposa-t-elle au bout d'un certain temps. Pourquoi pas un séjour à l'étranger, en Grèce ou en Italie ?

— Oui, mais il faudrait qu'ils le financent par eux-mêmes alors, lui répondit Gilles, tout en se dandinant sur sa chaise qui était très inconfortable. En vendant par exemple des objets qu'ils auraient confectionnés de leurs mains pendant les petites vacances, ajouta-t-il, pris d'une soudaine inspiration.

— Et puis, on les ferait voter pour choisir la destination, histoire de leur enseigner la démocratie, renchérit la maîtresse, de plus en plus enthousiaste.

L'idée, qui leur avait semblé bonne au début, ne résista pourtant pas à un examen plus attentif.

— Ce serait bien trop cher à financer, regretta Gilles.

— Vous avez raison, le pire serait de décevoir les enfants, lui répondit Isabelle avant qu'ils ne replongent tous les deux dans leurs pensées.

Ils en étaient encore là quand une femme de ménage entra dans la salle de classe pour la nettoyer.

— Est-ce que ça vous dirait de continuer à y réfléchir au McDonald's ? proposa Gilles à Isabelle.

Les deux jeunes gens sortirent de la Haye-aux-Moines par l'allée de platanes, autour de laquelle le quartier semblait avoir été organisé.

— Quelle bonne idée a eue l'architecte de conserver ces vieux arbres, fit remarquer Isabelle à Gilles en passant.

— Ça donne une touche d'authenticité à l'ensemble, reconnut celui-ci.

Puis il entraîna l'institutrice vers la grande avenue, qu'ils remontèrent ensuite en direction de la préfecture.

— Vous saviez que la rue François-Mauriac était la première du Nouveau Créteil ? demanda Gilles à Isabelle, tandis qu'ils empruntaient cette voie dix minutes plus tard.

— Tiens, non.

— « Le premier cri du Nouveau Créteil est un cri de culture », aurait paraît-il déclaré le maire quand il l'a inaugurée, lui apprit l'animateur, très fier d'étaler ses connaissances.

Le McDonald's, un long et bas bâtiment en briquettes marron, se tenait cinq cents mètres plus loin, en plein cœur du quartier dit de la Brèche, entre une voie encore sableuse et l'ossature d'un immeuble en construction. En arrière-plan, avec sa façade mêlant béton et lames métalliques, la haute tour des archives départementales dominait le paysage.

Malgré la poussière qui volait et les engins de construction qui s'affairaient tout autour du fast-food, un panneau marqué « C'est ouvert » en grosses lettres avait été apposé au-dessus de l'entrée principale.

Gilles, qui comme beaucoup de jeunes de sa génération vénérait tout ce qui venait des États-Unis, avait rapidement adopté l'endroit, qui lui tenait quelquefois lieu de cantine le midi.

— C'est le premier McDonald's qui a ouvert en France, et il a choisi de s'installer à Créteil, se réjouit-il à voix haute tout en montant les quelques marches de l'étroite terrasse surélevée, entourée d'une balustrade, qui donnait au bâtiment des allures de chalet.

— Je préférerais que le propriétaire s'abstienne

d'envoyer des jeunes distribuer des objets publicitaires devant l'école, lui répondit Isabelle, plus modérée.

L'intérieur du fast-food qui se revendiquait comme un restaurant mêlait tradition et modernité. Des murs en lambris et des lustres rustiques façon Moulin de ma tante y côtoyaient gaiement un large comptoir en inox, où il fallait faire la queue pour être servi. Gilles et Isabelle y commandèrent chacun une boisson, ainsi qu'une sorte de chausson aux pommes rectangulaire frit, fourré dans un sachet.

— C'est super bon ! s'exclama le jeune homme en mordant dedans une fois qu'ils se furent installés à une table près de la fenêtre.

L'institutrice, qui trouvait le goût de la compote de pommes plutôt chimique, s'abstint de le faire remarquer, par correction envers celui qui l'avait invitée.

— Et si on revenait à notre projet ? lui proposa-t-elle après qu'ils eurent fini de manger. Que diriez-vous d'emmener les enfants un peu moins loin, dans un parc d'attractions comme la Mer de sable, par exemple ?

— À Ermenonville ? Je ne sais pas, ça ne me semble pas assez innovant. Et puis, j'aurais aimé qu'il reste un lien avec Créteil.

— C'est dommage, tout de même, cette base de loisirs autour du lac dont on ne peut encore rien faire, déplora la maîtresse.

Les yeux dans le vague, Gilles et elle se mirent à rêver

au plan d'eau, et à son étendue sauvage qui appelait l'aventure.

— Attendez, pourquoi ne pas leur faire retaper un vieux voilier ? s'écria tout à coup Isabelle.

— Mais oui, et ils seraient les premiers à naviguer sur le lac ! s'enthousiasma Gilles.

— On devrait pouvoir trouver un bateau d'occasion à bon prix, je crois même que certains propriétaires en cèdent gratuitement pour pouvoir s'en débarrasser.

Gilles, qui adorait l'idée, se sentit soudain très ému. Il en fut le premier surpris, comme si le fait que quelqu'un l'aide vraiment, une femme de surcroît, suffisait à remuer quelque chose de profond en lui. Isabelle dut s'en apercevoir, car elle se troubla elle aussi.

— Bien sûr, il restera à payer le matériel et les pièces, dit-elle pour masquer sa gêne.

— Par contre, j'ai beau m'y connaître un peu en bricolage, je ne suis pas spécialiste, lui confia le jeune homme.

— Je connais un parent d'élève qui pourrait sans doute nous aider, lui répondit Isabelle. Un monsieur antillais qui s'appelle Justin. Sa femme m'a dit un jour qu'il réparait des bateaux avec son père, quand ils étaient encore en Guadeloupe.

— Au futur voilier alors ! lança l'animateur tout en levant vers elle son verre de soda.

Tandis qu'ils trinquaient, Gilles se demanda pourquoi il lui semblait aussi naturel d'échanger avec Isabelle, alors qu'avec Aline une seule parole mal interprétée pouvait facilement dégénérer en dispute.

Il en était à louer intérieurement la douceur d'Isabelle, quand Aline et Nathalie, qui revenaient de visiter le futur hôtel de ville, longèrent la façade du fast-food. En les voyant, il se fit tout petit sur sa chaise, avant de se reprocher aussi sec de ne pas leur avoir adressé simplement un signe de la main.

— Qu'est-ce que Gilles fait là-dedans avec l'institutrice ? demanda Aline à sa copine, en tiquant.

— Allons, ne t'en fais pas, tu sais bien qu'ils travaillent ensemble, la rassura Nathalie.

— Je crois avoir trouvé une belle idée de projet pour les enfants du quartier, annonça Gilles tout content à sa mère, le soir au téléphone.

— De quel projet s'agit-il ?

— Pour les occuper pendant les congés, tu sais, je t'en ai parlé.

— Ça se passe toujours bien au travail ? Tu ne t'es fâché avec personne ? voulut savoir la femme.

— Mais non maman, pourquoi voudrais-tu que je me sois fâché avec quelqu'un ?

— Je ne sais pas, ce n'est quand même pas banal comme travail.

— Tout est OK, je t'assure, j'ai même une grande réunion prévue dans une semaine. Pour revenir aux enfants, je pensais leur faire retaper un vieux voilier pour qu'ils puissent naviguer sur le lac…

— Mais tu n'as jamais mis un pied sur un bateau, s'étonna sa mère. À part sur un bateau-mouche, peut-être, quand tu étais petit.

— Je ne prétends pas devenir moniteur de voile, maman, s'agaça le jeune homme, on en trouvera sûrement un le moment venu.

— En tout cas monsieur le maire ne pourra pas te reprocher de ne pas prendre d'initiatives, lui répondit la femme, conciliante.

— Bon, bon, et toi comment vas-tu ? demanda Gilles à sa mère, tout en se promettant de ne plus la rappeler à l'avenir pour lui faire partager son excitation.

— Oh, tu sais, moi c'est la routine. Tiens, le fils de la voisine vient de lui offrir une télévision couleur, du coup le soir après manger, je vais chez elle regarder les informations. D'ailleurs elle me demande souvent de tes nouvelles. Quand est-ce que tu viens me voir à Paris ? Depuis que tu t'es installé là-bas, tu n'es jamais venu.

— Écoute maman, j'ai mon boulot, j'ai ma vie, tu vois bien.

— C'est bien ici que ça se passe ? demandèrent Aline et Nathalie à une femme qui s'avançait une cafetière à la main.

— Oui, oui, installez-vous dans le coin salon. Vous voulez une tasse de café ? leur proposa gentiment la dame.

Les deux amies déclinèrent l'offre et allèrent s'asseoir côte à côte sur le canapé du petit local parisien.

— Alors, comment avez-vous eu notre adresse ? souhaita savoir la femme quand elle les eut rejointes.

— Par ma belle-sœur, lui répondit Nathalie, non sans avoir préalablement consulté Aline du regard. Le planning familial est venu dans son entreprise tenir une réunion.

— Bon, je vous explique, leur dit la dame, ici nous pratiquons les avortements selon la méthode Karman qui vient des États-Unis. Une séance préparatoire où tout vous sera exposé dans les moindres détails aura lieu dans trois jours, et l'intervention le lendemain.

D'ici là, une consultation chez le médecin est indispensable pour pouvoir dater la grossesse, ajouta-t-elle avant de se lever pour aller leur chercher les coordonnées du praticien.

Quand elle fut de retour, elle trouva les deux amies serrées l'une contre l'autre, l'air de plus en plus accablé.

— Ne vous inquiétez pas, les rassura la femme, le médecin qui pratique les avortements a l'habitude, tout se passera bien.

— Est-ce que ça fait mal ? s'enhardit à lui demander Aline.

— Ça dépend des personnes, mais en tout cas la douleur ne dure jamais très longtemps.

— Est-ce qu'on pourra venir toutes les deux ? s'inquiéta Nathalie.

— Bien sûr, lui répondit la dame, mais c'est pour laquelle d'entre vous ?

— Tu es sûre que tout va bien Aline ? demanda Nathalie à son amie quelques jours plus tard, alors qu'elles se trouvaient dans la chambre à coucher d'un appartement parisien.

— Oui, oui, balbutia Aline, qui lui serra plus fort la main.

— Respirez profondément mademoiselle, lui conseilla le médecin, la voyant devenir blanche comme un linge.

— Tout se passe normalement, vous savez, ajouta la dame de la permanence, vous pouvez commencer à vous détendre.

Aline, un peu rassurée, s'autorisa à jeter un œil vers le bout de la table, où le médecin était en train d'introduire une nouvelle bougie dans l'utérus de son amie.

— Vous voyez, votre col se dilate progressivement sous l'effet de la chaleur, expliqua l'homme à Nathalie, qui l'écoutait très attentivement, les jambes écartées et le dos bien calé sur un oreiller, sa collègue debout à ses côtés.

— Tu peux m'attendre dans le salon avec les autres, si tu préfères, proposa la jeune femme à Aline.

— Non, non, je me sens déjà mieux, lui assura la jolie brune, qui était déterminée à soutenir son amie jusqu'au bout.

— Je t'ai trouvée très courageuse, dit Aline à Nathalie quand elles furent retournées dans le salon une demi-heure plus tard.

— Et toi, je n'aurais jamais cru que tu resterais jusqu'à la fin de l'intervention, lui répondit son amie.

— Tu rigoles, je ne t'aurais jamais abandonnée, se vanta Aline, d'autant plus fière qu'elle avait réussi à surmonter son appréhension.

— Et sinon, comment ça se passe avec Gilles?

lui demanda Nathalie, tandis qu'une nouvelle jeune femme se dirigeait vers la chambre à coucher.

— Plutôt bien, lui répondit Aline, à part qu'il n'a pas arrêté de me bassiner avec la préparation de sa réunion.

— Elle a lieu aujourd'hui, tu seras bientôt tranquille.

Quand le médecin eut pratiqué le dernier avortement, les femmes restèrent ensemble pour manger un morceau.

— Ils en pensent quoi de la pilule vos hommes ? demanda l'une d'entre elles à la cantonade.

— Le mien n'était pas très chaud, lui répondit une blonde au visage poupin.

— Il avait peur que tu le trompes, quoi, s'esclaffa sa voisine de table, une grande brune très maquillée.

— Non, mais il disait qu'il avait moins envie de faire l'amour.

— C'est vrai qu'il y a des hommes qui arrivent à trouver le risque stimulant, déplora la dame de la permanence.

— Tu n'es peut-être pas obligée de lui dire que tu as recommencé à la prendre, si c'est ça, ajouta-t-elle à l'intention de la jeune femme blonde.

— Moi je crois que ça rassure les mecs, au fond, qu'on ait la trouille à chaque fois qu'on baise, renchérit la grande brune.

— Pas tous, quand même, lui répondit celle qui avait lancé la conversation, je connais des couples dont la femme prend la pilule et qui le vivent très bien. Ce n'est quand même pas mal pour les hommes de pouvoir éjaculer librement, sans arrière-pensées.

— Librement mais pas trop vite quand même, qu'on ait le temps de jouir! lui répondit la grande brune, suscitant les rires de l'assemblée.

Aline les écoutait parler, fascinée, trouvant incroyable de pouvoir discuter ouvertement de sexe et de jouissance avec des femmes qu'elle venait de rencontrer, alors qu'avec ses propres amies elle n'avait jamais osé aller aussi loin. C'était à la fois extrêmement libérateur et perturbant, au même titre qu'avoir assisté à l'avortement.

Elle aussi aurait aimé témoigner, mais le besoin de se préserver la retenait. «Est-ce que tu as vraiment envie d'entendre et de faire ce genre de confidences en retour?» la mettait en garde sa petite voix intérieure, comme si, en ouvrant son espace d'intimité aux autres, sa vie sexuelle et ses relations amoureuses risquaient de s'en trouver banalisées.

Finalement, le désir de partager son expérience l'emporta.

— J'ai fait l'amour avec mon copain, il y a quelques semaines, expliqua-t-elle à son auditoire. Comme c'était la première fois pour lui, il n'est pas parvenu à rester en érection très longtemps. Je ne lui en ai pas voulu bien sûr, on ne peut pas dire que c'était de sa faute, et puis c'est quelqu'un de très tendre qui aimerait que je me sente bien, pas un de ces garçons au comportement égoïste. J'ai été très frustrée sur le coup, mais surtout soulagée parce que je ne risquais pas de tomber enceinte. Ça m'était arrivé une fois déjà, et heureusement que j'avais fait une fausse couche, parce que j'étais terrorisée à l'idée de devoir avorter. Depuis, je n'ai plus osé recommencer avec lui, de peur que ça m'arrive à nouveau, alors que j'en ai très souvent envie.

— Aline, il te faudra aller consulter le médecin qui collabore avec nous. Tu verras, il ne te fera aucun problème pour te prescrire la pilule, lui dit la dame de la permanence. Les autres, vous n'oublierez pas d'aller le voir la semaine prochaine pour une visite de contrôle.

Nathalie et Aline rentrèrent à Créteil en milieu d'après-midi. Aline partit s'enfermer dans sa chambre avec une pile de journaux achetés en chemin, qu'elle étala sur son lit avant de les parcourir. Elle fut déçue de n'en trouver aucun qui faisait état de l'expérience qu'elle venait de vivre, mais tomba sur un article, signé d'un homme, qui abordait la question de l'avortement d'un point de vue strictement politico-juridique. Agacée, elle attrapa une feuille de papier et un stylo et commença à rédiger un texte qui donnerait sa propre vision des choses.

« Il me faudra ramener mon petit meuble secrétaire

de chez mes parents à ma prochaine visite », se dit-elle quelques heures plus tard, quand elle eut le dos tout endolori à force d'avoir travaillé sur son lit.

Elle relut une dernière fois son texte, le trouva bon, le signa de son nom complet : « Aline Rausale », au lieu des simples initiales qu'elle apposait habituellement sous ses brèves, et décida de l'envoyer.

Comme c'était la première fois qu'elle rédigeait un article de fond, elle hésita entre plusieurs journaux avant de choisir de l'adresser à *France-Soir*, qui avait publié une série de chroniques l'année précédente sur le procès de la jeune Marie-Claire, accusée d'avoir avorté. La nuit était déjà tombée quand elle sortit de chez elle pour aller le poster.

La réunion organisée par Gilles eut lieu le même soir dans l'espace polyvalent de l'école, entre branches de houx et farandoles de poèmes de Noël illustrés par les élèves. Il compta une cinquantaine de personnes environ, des femmes pour la majorité, accompagnées d'enfants, qui ne tardèrent pas à aller se regrouper dans le fond du hall pour jouer.

Parmi les hommes présents, ceux qui étaient venus directement du boulot portaient encore leur costume-cravate, ou leur bleu de travail, tandis que le monsieur aux problèmes de tuyauterie avait, quant à lui, revêtu sa sempiternelle parka grise. Gilles les remercia toutes et tous d'être venus et les invita à s'installer sur les chaises qu'il avait préalablement disposées en cercle.

— Bien, que pensez-vous de la ville ? leur demanda-t-il, une fois qu'il leur eut rappelé les objectifs de la rencontre : échanger sur leur vie quotidienne, faire émerger quelques propositions concrètes, et commencer à rechercher des volontaires pour représenter le quartier à l'échelle de la cité.

— Est-ce qu'on peut vraiment appeler ça une ville ? rétorqua une jeune fille rousse qui devait avoir le même âge que lui. Je veux dire, avec tous ces chantiers, sans trottoirs, ça n'y ressemble pas, ajouta-t-elle, resserrant un peu plus son chandail contre elle.

— C'est vrai que cette ville peut être impressionnante, écrasante même, déclara une femme d'une quarantaine d'années, dont les sourcils épilés et redessinés au crayon accentuaient l'expression ironique du visage. Elle change tout le temps. À l'origine, mon mari et moi sommes venus nous installer à Créteil parce que les espaces verts nous séduisaient, mais en un rien de temps tout a été détruit, constata-t-elle avec un grand sourire.

— On vous a au moins laissé le choix de venir, lui répondit un monsieur d'une trentaine d'années, après s'être retourné vers elle. Imaginez que j'ai été muté d'office à l'université avec ma femme, parce que j'avais fait grève.

— Paris envoie les emmerdeurs à Créteil, expliqua sa compagne à l'assemblée.

— Avant, du temps des terrains vagues, la ville me paraissait immense, reprit la jeune fille rousse avec des trémolos dans la voix, mais maintenant que les rues forment un circuit qui mène d'un programme immobilier à un autre, j'ai l'impression d'être enfermée. Et puis c'est triste, tout le monde travaille, les gens ne font que se croiser.

« Heureusement qu'il y a la télévision, et le téléphone », se retint de lui dire Gilles, qui était partagé entre le désir de consoler cette jeune fille craintive et l'envie de la secouer un peu.

— Ce n'est pas que les gens n'aient pas l'air sympathique, déclara l'universitaire tout en regardant autour de lui, mais on hésite à s'attacher à des personnes qu'on devra peut-être bientôt quitter.

— Mais pourquoi devriez-vous partir? s'étonna Gilles.

— On espère connaître autre chose, répondit à sa place la femme aux sourcils dessinés, sans se départir de son sourire ironique.

Pour être tout à fait juste, elle ajouta :

— Ce n'est pas le rêve, quand même.

Un grand silence suivit sa déclaration, comme si les habitants étaient en train de se demander s'ils n'avaient pas un peu trop noirci le tableau.

— Moi, j'ai plaisir à voir Créteil se monter, finit par dire quelqu'un.

— Il faut reconnaître qu'ici tout est moderne et neuf, glissa un autre.

— À côté des autres réalisations, je trouve que la Haye-aux-Moines a l'air d'un vrai quartier, affirma une dame.

— Et puis, on se rend des services quand même, renchérit sa voisine.

— Comment pensez-vous qu'on pourrait encore améliorer les choses ? en profita pour leur demander Gilles.

— Est-ce que le métro va finir par arriver un jour jusqu'ici ? lui demanda quelqu'un.

— Il faudrait ouvrir de nouvelles places en crèche, parce que celles de la Croix-des-Mèches sont insuffisantes, lui expliqua la femme de l'universitaire.

— On aurait besoin d'un marché, comme celui qui se tient dans l'ancien Créteil, ça mettrait un peu d'animation, ajouta un vieux monsieur.

— J'ai bien noté toutes vos propositions, comptez sur moi pour en parler rapidement à monsieur le maire, leur promit Gilles dès que tout le monde eut fini de s'exprimer.

— Je me porte candidat pour représenter le quartier, déclara l'homme à la parka grise, qui s'était levé de sa chaise, le doigt levé.

— D'autres volontaires ? espéra Gilles.

Un silence.

— Ce n'est pas grave, nous aurons tout le temps d'en reparler plus tard, préféra-t-il temporiser, sans avoir manqué de remercier l'unique candidat pour sa proposition. Mais avant de nous quitter, je voulais vous dire que je réfléchis ces jours-ci à monter un projet avec vos enfants pendant les vacances. J'ai une jolie piste, mais il faudra d'abord que je vérifie si elle est réalisable, s'empressa-t-il d'ajouter, regrettant déjà de s'être trop avancé. En tout cas, notre échange de ce soir a été vraiment passionnant. J'ai le sentiment que nous sommes tous en train de vivre une grande aventure, dit-il pour conclure, tandis que les gens, qui ne l'écoutaient déjà plus, étaient en train de quitter la salle.

« OK, ce n'est pas encore parfait, songea le jeune homme, mais au moins les langues se délient. »

Quelqu'un vint l'aborder pendant qu'il empilait les chaises pour les ranger. Le monsieur, un bel homme, dont il se dégageait une forte impression d'autorité, se présenta comme le président d'une association antillaise locale.

— Vous pouvez m'appeler Justin, dit-il à Gilles, qui reconnut en lui le parent d'élève guadeloupéen dont Isabelle lui avait parlé. J'habite le quartier comme vous, nous serons sûrement appelés à nous recroiser.

Il lui expliqua qu'une soirée organisée par ses soins

allait avoir lieu d'ici une dizaine de jours dans la salle des fêtes de la Croix-des-Mèches, et qu'il aurait aimé obtenir un encart dans le journal municipal.

— Ce sera une grosse fête, vous savez, insista-t-il. Il y a énormément d'Antillais qui sont venus s'installer à Créteil. Moi-même, je travaille à l'hôpital Mondor.

— Il est malheureusement trop tard maintenant pour obtenir un encart, mais je vais voir si un papier ne pourrait pas être glissé dans le journal, lui répondit Gilles.

— Vous-même nous ferez l'honneur de venir découvrir notre culture, j'espère ? lui demanda Justin.

— Oui, bien sûr.

— Alors attendez-vous à ce que cela dure toute la nuit, lui annonça l'homme en riant, avant de tourner les talons.

— Ah, tu es rentré ! dit la mère de Gilles à son fils, un quart d'heure plus tard au téléphone.

— À l'instant, lui répondit celui-ci. Je rencontrais les habitants du quartier aujourd'hui, tu sais.

— Tiens, justement, on a regardé un reportage sur Créteil hier avec la voisine, s'exclama joyeusement la femme.

— Ah bon ? s'étonna le garçon, heureux de sentir sa mère aussi enthousiaste. Et vous en avez pensé quoi ?

— Après avoir vu tous ces grands bâtiments et ces

routes dans tous les sens, on s'est dit que j'avais vraiment bien fait de rester à Paris.

— Tant mieux alors, se borna à constater Gilles.

— Tu sais qu'il y a des gens que ça déprime terriblement, ces constructions, poursuivit la femme. Ils ont interviewé un commissaire de police qui parlait quand même d'une tentative de suicide par semaine.

— Tu es sûre? lui demanda le jeune homme, sceptique.

— Remarque, d'après lui la criminalité est inexistante, ça compense... Non vraiment, poursuivit la mère de Gilles, je suis bien contente d'être restée à Paris.

— C'est parfait dans ce cas, philosopha son fils, avant qu'un silence un peu gênant ne s'installe entre eux.

— D'autant plus qu'à l'heure qu'il est, si je t'avais écouté, reprit sa mère, je serais seule dans un grand trois-pièces, dans une ville que je ne connais pas...

— Tu aurais fini par t'y faire, se dépêcha de lui dire Gilles, qui commençait à s'inquiéter de la tournure de la conversation.

— Déjà que mon petit deux-pièces me semble bien trop grand pour moi, finit par lâcher la femme, des trémolos dans la voix.

Un nouveau silence s'instaura, que Gilles ne sut pas comment meubler. Prenant soudain conscience des difficultés de sa mère, il se reprocha de lui avoir égoïstement imposé son rythme, alors qu'elle n'avait encore jamais vécu seule, et qu'elle s'était sans doute imaginé que le départ de son fils se ferait progressivement.

«À quoi peut bien ressembler sa vie sans moi?» se demanda-t-il pour la première fois. Alors la vision angoissante de l'appartement parisien plongé dans la pénombre, dans lequel se devinait la présence indistincte de sa mère, vint le tourmenter.

— Tu es toujours là mon grand? voulut-elle savoir à l'autre bout du fil.

— Oui, oui, je pensais aux propos du commissaire, mentit celui-ci.

— Dis-moi, ça ne t'arrangerait pas par hasard que je vienne chez toi les dimanches pour repasser ton linge et faire un peu de ménage?

Gilles était en train de se préparer à manger quand Aline sonna à la porte de son appartement.

— J'ai quelque chose d'incroyable à te raconter, lui annonça-t-elle, une fois qu'ils se furent embrassés.

— Tu as déjà dîné?

— Non, je n'en ai pas eu le temps.

— Alors, viens voir ce que j'ai acheté, lui proposa Gilles, tout en l'entraînant vers la cuisine, où la garniture d'un couscous Garbit était en train de réchauffer.

— Je n'en ai encore jamais mangé, lui dit la jeune femme intriguée.

— Moi non plus, lui répondit-il, et il préleva dans la casserole un mélange de légumes et de viande, qu'il versa ensuite sur la semoule.

Leurs assiettes à la main, le jeune couple alla s'installer dans la partie salle à manger du deux-pièces, qui donnait sur l'espace extérieur. De là où ils étaient, ils pouvaient voir la résidence d'en face, ainsi qu'une partie du chantier du futur métro Créteil-Université, qui promettait d'apporter un nouveau souffle à tous les programmes immobiliers du quartier.

— Je ne m'étais pas rendu compte à quel point j'avais faim, déclara Aline à son compagnon, avant de plonger sa fourchette dans la préparation.

— Ça va faire du bien de manger chaud, renchérit Gilles, que la conversation avec sa mère avait quelque peu retourné.

Les cris de parents interpellant leurs enfants quelques étages plus bas pour leur ordonner de rentrer montèrent jusqu'à eux, tandis qu'ils avalaient les premières bouchées de leur repas.

— On reconnaît le couscous, observa le jeune homme au bout d'un certain temps.

— Ce n'est pas mauvais, mais peut-être un peu aqueux, lui répondit Aline.

— Il faut sans doute s'habituer, finit par décréter Gilles, se levant pour débarrasser la table.

— J'ai vécu une expérience extraordinaire aujourd'hui, lui annonça à nouveau la jeune femme.

— Ah bon ?

— J'ai assisté à un avortement organisé par le MLAC.

— Par le quoi ?

— Le Mouvement pour la liberté de l'avortement et de la contraception, qui se bat pour que l'IVG soit légalisée, lui expliqua-t-elle.

— Tu es enceinte ? s'inquiéta Gilles.

— Non, pas moi, le rassura Aline, j'accompagnais une amie.

— Mais où êtes-vous allées ?

— Dans un petit local parisien, au milieu d'un groupe de logements sociaux. D'ailleurs, j'ai trouvé étonnant que le lieu ne soit pas du tout caché, même si les militants ont l'air de tenir à agir ouvertement.

Le silence de Gilles encouragea Aline à continuer.

— C'est gratuit pour celles qui ne peuvent pas payer, lui dit-elle, et ce sont des bénévoles qui tiennent les permanences. D'ailleurs les avortements d'aujourd'hui ont eu lieu chez l'une d'entre elles. Tu aurais dû voir les femmes qui étaient là, personne ne se connaissait, et pourtant nous éprouvions toutes un sentiment de confiance absolue, comme s'il allait de soi de s'appuyer les unes sur les autres.

— Je vais aller faire la vaisselle, lui annonça Gilles, et il quitta la pièce, leurs assiettes à la main.

— Au début j'étais terrorisée, lui expliqua Aline, qui l'avait suivi jusque dans la cuisine, mais heureusement ça ne s'est pas du tout passé comme je me l'étais imaginé. Le médecin a pratiqué un avortement par aspiration, tu vois, une méthode qui n'est pas trop douloureuse. Je ne sais pas si c'était parce qu'on était dans l'appartement de quelqu'un, ou bien grâce aux explications du docteur, mais tout m'a semblé doux pour une fois, tu sais, comme s'il n'était pas si grave au fond d'être une femme, ajouta-t-elle, prenant de plus en plus de plaisir à parler et à se raconter.

Depuis qu'elle s'était confiée tout à l'heure aux autres filles, Aline en était venue à penser que tout pouvait se dire. L'idée était prometteuse.

« Qu'est-ce qu'un amant, si ce n'est quelqu'un à qui l'on peut chuchoter des confidences à l'oreille ? » songeait-elle à propos de Gilles, s'imaginant qu'en partageant ses émotions avec lui, leur intimité de couple en sortirait renforcée.

— Je suis même sûre qu'avec un peu d'entraînement, quelqu'un qui n'a pas fait d'études médicales pourrait pratiquer ce genre d'intervention, affirma-t-elle tout en saisissant un torchon pour essuyer la vaisselle.

— Qu'est-ce que tu racontes ? lui demanda Gilles surpris.

— Je vais t'expliquer l'opération, tu vas comprendre, lui assura Aline. Au début le médecin introduit le spéculum dans le vagin de la femme, puis il attrape le col de l'utérus avec une pince, avant de placer à l'intérieur une série de bougies qui vont permettre de le dilater tout doucement. Une fois que le col est ouvert, continua-t-elle, il peut y faire entrer une canule très souple, la sonde de Karman, et exercer un mouvement de va-et-vient pour détacher l'œuf. Ce sont ensuite les petits bouts de membranes…

— Au fait, ma réunion s'est bien passée, l'interrompit brusquement le garçon. J'ai eu un peu peur au début, mais j'ai finalement réussi à redresser la barre.

« Au fond, il n'en a pas grand-chose à faire de ce que je lui raconte », songea la jeune femme, vexée.

La librairie de la ville voisine de Créteil était noire de monde quand Gilles s'y rendit le lendemain, en fin d'après-midi. Le vendeur étant occupé à conseiller ses clients pour des achats de Noël, il en profita pour partir fureter discrètement dans les rayons.

— Est-ce que je peux vous aider, monsieur ? finit par lui demander le libraire, après quelque temps.

— Je cherche un livre sur la sexualité pour l'offrir à mon petit cousin, lui répondit Gilles, gêné.

— Bien sûr, lui dit l'homme, avant de monter sur un tabouret pour atteindre une rangée de livres en hauteur.

Quelle tranche d'âge voulez-vous : 10/13, 14/16, ou 17/18 ?

— 17/18, s'il vous plaît.

— L'encyclopédie est bien faite, vous verrez. Elle aborde aussi bien l'aspect physique que psychologique, lui expliqua le libraire quand il fut redescendu. Je vous l'emballe ?

— Oui merci, lui répondit Gilles, qui se dépêcha de déballer le livre dès qu'il fut rentré chez lui.

« Utérus… Utérus… », énonça-t-il à voix haute, cherchant la lettre U dans l'index.

— C'est ici. Le portail en bois, dit Aline à Gilles alors qu'ils descendaient à bicyclette une coquette rue pavillonnaire, en contrebas du vieux Créteil.

Ils se glissèrent à l'intérieur de la propriété.

— On n'a qu'à laisser nos vélos et la remorque à l'entrée, ajouta-t-elle à son intention.

Devant eux, sur un terrain en forte pente, un long escalier en pierre, bordé de murets blanchis à la chaux, conduisait à une élégante demeure au toit de chaume. Aline, qui se voyait souvent en rêve revenir dans la maison de son enfance et trouver le jardin laissé à l'abandon, ne put s'empêcher, comme à chacune de ses visites, de vérifier le bon état de la pelouse en montant.

N'y trouvant rien à redire, elle releva la tête, pour apercevoir ses parents qui les attendaient tout en haut des marches, serrés l'un contre l'autre, dans une attitude figée. Derrière eux, se détachant sur un morceau de ciel, se dressait la demeure familiale qui n'avait rien perdu de sa splendeur, avec son toit percé de fenêtres à l'étage, sa haute cheminée, et son avancée munie de baies vitrées, en encorbellement sur la façade, dans lesquelles se reflétaient les nuages.

— Voici Gilles, se contenta de dire Aline à ses parents quand ils les eurent rejoints sur le parvis.

Sortant de son immobilité, la mère de la jeune femme se mit à faire tinter les lourds bracelets d'argent qu'elle portait à ses poignets, signe chez elle de contrariété, tandis que son mari regardait alternativement sa fille et Gilles d'un air interrogateur.

— Enchanté, s'empressa de leur dire le jeune homme.

— Vous prendrez un café ? lui proposa la mère d'Aline, un peu pincée.

Bien qu'il ait répondu par la négative, la maîtresse de maison entraîna tout le monde vers l'intérieur, faisant tintinnabuler ses bracelets de plus belle, jusqu'à une grande cuisine blanche de style provençal chic, qui donnait à l'arrière sur la Marne.

— Ne sors rien, maman, je récupère mon meuble secrétaire et on s'en va, dit Aline à sa mère, dans l'espoir que celle-ci arrête d'ouvrir et de refermer convulsivement les placards.

— Mais quand reviendras-tu alors ?

— Dimanche en huit, je pense. Tiens, vous y allez ? demanda la jeune fille à ses parents, après avoir avisé la publicité de la soirée antillaise qui traînait sur un buffet.

— Non, pas vraiment, lui répondit son père.

— Eh bien moi, ça m'intéresse. Du coup ne m'attendez pas trop tôt le dimanche, j'arriverai sûrement vers dix heures.

— N'oublie pas qu'on a une séance de cinéma à quatorze heures, lui rappela Gilles.

— Mais pourquoi vous êtes-vous déplacés ? demanda le père d'Aline au jeune homme, alors qu'ils descendaient tous les deux chercher le meuble au sous-sol. Si ma fille m'avait prévenu, j'embarquais le secrétaire dans la voiture, et en cinq minutes j'étais chez elle.

— J'imagine qu'elle n'a pas voulu vous déranger, lui répondit Gilles.

— Ce serait bien la première fois, lui répondit le père d'Aline, dubitatif.

Les deux hommes traversèrent une belle salle voûtée servant de cave à vin, avant de remonter vers une deuxième pièce mieux aérée où étaient entreposés quelques meubles.

— Vous habitez Créteil ? demanda le père d'Aline à Gilles.

— J'y ai emménagé il y a quelques mois.

— Et qu'est-ce que vous y faites ?

— Je travaille comme animateur dans le Nouveau Créteil.

— Vous êtes sûrement obligé d'y habiter alors, lui dit le père d'Aline en réprimant une grimace.

— Oui, mais ça me plaît. Les immeubles ont beau y être assez hauts, ils sont très espacés, et sans trop de vis-à-vis. On respire.

L'homme considéra un moment Gilles d'un air incrédule, avant de dégager avec lui le petit secrétaire du recoin où il l'avait laissé.

— Moi, je vis très bien sans mettre un pied là-bas, décréta-t-il. On a tout ce qu'il nous faut côté village.

— Bien sûr, mais il y aura bientôt un grand centre commercial, avec des cinémas et des animations.

— Oh oui, leur caravane publicitaire est même venue nous narguer jusqu'ici. Rien n'est trop beau pour la nouvelle ville, ironisa le père d'Aline.

— Vous ne trouvez pas que ces changements ont du bon, quand même ?

— J'irai sans doute à la Maison des arts et de la culture quand elle sera ouverte, concéda l'homme à Gilles.

Puis ils soulevèrent ensemble le meuble, qui s'avéra fort léger.

— Les gens se déplaceront de toute l'Île-de-France pour assister aux créations artistiques de la MAC, renchérit l'animateur. Créteil va se bâtir une renommée.

— Le faubourg du Nouveau Créteil, voilà comment on finira par nous appeler, vous verrez, maugréa le père d'Aline dans sa barbe.

Profitant de ce qu'ils s'affairaient dans la cave, la mère d'Aline alla sortir un article de journal d'un tiroir.

— C'est toi qui as écrit ça? demanda-t-elle à sa fille, en le lui mettant sous le nez.

— Tu l'as trouvé bien? lui retourna Aline innocemment.

— Alors c'est pour rédiger ce genre d'insanités que tu as arrêté tes études? s'indigna sa mère.

— Le monde change, maman, il arrive parfois qu'on découvre en cours de route ce que l'on veut faire.

— Tu publies cet article, tu amènes ce garçon à la maison. Tu couches avec n'importe qui, en somme! lui répondit la femme, tout en lissant machinalement sa robe qui bouffait sur les hanches.

Aline secoua la tête, manière de faire comprendre à sa mère qu'elle était dépassée.

— Aujourd'hui, les garçons et les filles passent du temps ensemble sans forcément coucher, lui expliqua-t-elle.

L'ambiance était glaciale quand les deux hommes remontèrent de la cave un peu plus tard. Gilles, ayant demandé à pouvoir se laver les mains dans l'évier de la cuisine, admira par la fenêtre la vue sur le jardin: la jolie terrasse pavée entourée d'une balustrade en bois, les massifs de fleurs, et la pelouse qui descendait vers une berge donnant sur un bras de la Marne, au milieu d'une végétation semi-sauvage. Il songea qu'en d'autres circonstances, il aurait adoré se promener avec Aline au milieu de ce décor féerique.

— Vous habitez un lieu magnifique, complimenta-t-il la maîtresse de maison.

— Merci, lui répondit la mère d'Aline du bout des lèvres, avant que son mari ne s'inquiète une dernière fois de savoir pourquoi, bon sang de bonsoir, sa fille n'était pas tout simplement passée par lui pour transporter ce meuble.

— Mais pourquoi m'as-tu fait ça ? reprocha Gilles à Aline, dès qu'ils eurent regagné le portail du bas. Tu savais que ça allait mal se passer. Tu voulais provoquer tes parents, ou quoi ?

— Ce n'est pas bien compliqué, ils se formalisent pour un rien, lui répondit Aline, adossée contre le petit mur d'enceinte de la propriété.

— Ou alors c'est à moi que tu voulais tendre un piège, lui rétorqua le garçon, soudain suspicieux.

— Attends, il n'y a pas mort d'homme quand même.

— Ce n'est pas drôle, se plaignit Gilles. Pour qui m'ont-ils pris ? Si j'avais su qu'ils habitaient une maison pareille, je me serais au moins habillé.

— D'accord, je reconnais que j'ai eu tort, excuse-moi, finit par lui avouer Aline, s'avançant pour lui déposer un baiser.

— Alors, c'était bien toi l'auteur de cet article de *France-Soir*? lui demanda le jeune homme, qui s'était radouci. Je t'ai entendue te disputer tout à l'heure avec ta mère au sujet de cette publication. J'avais bien repéré quelqu'un qui portait ton nom dans la revue de presse de la mairie, et je voulais justement t'en parler.

— C'était bien moi.

Contre toute attente, Gilles manifesta un réel enthousiasme.

— Félicitations ! Tu as une très belle plume, j'ai trouvé l'article épatant.

— Eh bien, merci, lui répondit Aline, agréablement surprise de le voir la soutenir pour une fois aussi franchement.

Pensive, elle finit par lui confier :

— Bon, en fait je suis super déçue. Les filles du MLAC ont jugé mon article trop gentil, limite réac, tandis que pour ma mère c'était la révolution.

— À ce point-là ?

— J'exagère sans doute un peu, reconnut-elle, mais je regrette surtout d'avoir déçu le MLAC. Les militantes ont trouvé que je n'étais pas allée assez loin dans la dénonciation. J'aurais dû écrire, entre autres, qu'elles étaient débordées et contraintes parfois de refuser l'avortement à des femmes, que l'interruption volontaire de grossesse devait être légalisée, mais aussi remboursée par la sécurité sociale, pour ne pas en faire une loi de riches. Je n'ai pas été assez politique en somme.

— Tant mieux après tout, si ton article n'est pas consensuel, lui répondit Gilles. Un journaliste doit savoir susciter des réactions. Non, je t'assure, c'est ton truc, il faut absolument que tu continues.

« Il a sans doute raison, je tiens quelque chose », songea Aline, que cette conversation avait regonflée. Certes, elle avait essuyé des critiques, mais l'essentiel était que pour la première fois de sa vie elle avait l'impression d'exister vraiment. Elle avait enfin trouvé sa voie, et elle se sentit d'autant plus fière qu'elle s'y était dirigée sans l'aide de personne.

Il régnait une drôle d'agitation dans la rue principale du vieux Créteil quand Gilles et elle s'y arrêtèrent pour aller faire les boutiques. L'ouverture prochaine du centre commercial régional menaçant leur activité, les commerçants avaient rivalisé de créativité, suspendant des motifs lumineux à l'extérieur des boutiques et égayant leurs devantures d'installations animées, devant lesquelles se pressaient de jeunes enfants encagoulés.

Après avoir cherché des idées de cadeaux dans la

vitrine du magasin La Tentation, qui mettait en scène un clown automate tournant sur une roue au milieu de carabines, de trains, et de déguisements Anselme, Aline entraîna Gilles dans une librairie tout au bout de la rue pour choisir un calendrier de l'Avent.

— Je n'ai jamais vraiment compris l'intérêt de ces petites images, lui confia le jeune homme alors qu'elle hésitait entre une scène de la nativité et un tableau de villageois dansant autour d'un sapin, au pied de maisons que leurs toits enneigés faisaient ressembler à de grosses meringues.

— C'est une question d'imagination, lui répondit Aline, qui n'hésitait pas à se lever à l'aube, quand elle était enfant, rien que pour le plaisir d'aller ouvrir une de ces petites fenêtres.

— À vrai dire, c'est plutôt de Noël dont je ne raffole pas, lui avoua Gilles un quart d'heure plus tard, tandis qu'ils prenaient un verre au café de la mairie. Même si ma mère a toujours fait de son mieux, on ne peut pas dire qu'elle avait le cœur à la fête. Et puis pour elle cela signifiait des dépenses supplémentaires.

— Je crois que j'ai toujours préféré les préparatifs de Noël au jour de Noël lui-même, lui confia Aline tout en remuant son chocolat chaud. Ce jour-là, ma mère, qui se fait un devoir de réunir toute la famille, nous mène une vie infernale. Une seule fois seulement les choses ont été différentes, se souvint-elle.

« Cette année-là, alors que j'avais cinq ans, ma mère avait eu la lubie d'aller accomplir une retraite spirituelle dans une abbaye. Avant son départ, pour se faire pardonner son absence, nous avions toutes les deux décoré le jardin. Tu aurais dû voir les loupiotes colorées accrochées au ponton, qui semblaient flotter sur l'eau, les lanternes qui tombaient des arbres, et la terrasse tout illuminée, tu n'en serais pas revenu.

« Le soir du réveillon, que nous avions tenu, mon père, ma grand-mère et moi, à fêter entre nous, j'avais reçu l'autorisation de veiller tard pour une fois. Je me rappelle m'être assoupie un moment, avant que ma grand-mère, invoquant je ne sais plus quel prétexte, ne m'entraîne dehors sur la terrasse.

« Je n'ai rien vu d'abord, parce qu'une sorte de brume courait le long de la rivière, recouvrant la végétation aquatique et remontant vers les berges, quand soudain, avançant lentement au fil de la Marne, une barque m'est apparue, avec à son bord le Père Noël.

« "Oh, oh, oh ! Joyeux Noël !" s'est exclamé le bonhomme assez fort pour que je puisse l'entendre, avant de continuer sa route.

Ce « oh, oh, oh » débonnaire provoqua l'hilarité de Gilles.

— Non, ne te moque pas, lui dit Aline, j'y ai cru dur comme fer, et je n'ai appris que longtemps après que c'était mon père !

— Ça cadre mal avec l'image que j'ai de lui, remarqua le garçon.

— C'est vrai qu'il n'est pas très marrant, reconnut Aline, mais il avait voulu me faire plaisir, et ce fut mon plus beau Noël.

La place de la mairie était tout éclairée quand ils sortirent du café en se tenant par la main, à la nuit tombée. Des guirlandes d'ampoules lumineuses entouraient les murs, le toit mansardé, et les fenêtres de l'ancienne maison bourgeoise, magnifiant sa structure, tandis qu'une étoile brillante filait vers le ciel, au-dessus de la porte, et qu'une fontaine argentée clignotait à ses pieds.

Fuyant l'agitation de la grand-rue, et son défilé permanent de voitures, de nombreux passants s'étaient repliés là, au milieu des sapins enguirlandés, pour admirer le spectacle.

« Beau baroud d'honneur ! » songea Gilles en admirant la vieille mairie, alors qu'Aline, que l'imminence du déménagement et la féerie des lumières rendaient sentimentale, lui serrait plus fort la main.

Dès qu'ils furent de retour à la Haye-aux-Moines, elle insista pour qu'ils aillent accrocher le calendrier de l'Avent.

— Si tu veux que je me sente à l'aise chez toi, il faut qu'il y en ait un, déclara-t-elle à Gilles comme ils partaient vers sa chambre.

Quand ils pénétrèrent dans la pièce, qu'une simple lampe de chevet éclairait, le garçon s'empressa d'aller retourner un livre qu'il avait laissé traîner sur la table de nuit. Aline, qui avait réussi à lire *Encyclopédie sur la vie sexuelle* sur le dos de l'ouvrage, se contenta de sourire sans rien dire.

— Tu sais, j'ai été très touchée, tout à l'heure, que tu m'aies aidée à ouvrir les yeux pour mon article, avoua-t-elle à Gilles quand le calendrier fut suspendu.

— Non, non, j'étais sincère, lui répondit-il d'une voix ferme, tu m'as vraiment étonné.

Aline observa son compagnon. Dans la semi-obscurité de la chambre, il lui sembla qu'il avait changé, et qu'il n'était déjà plus le jeune homme timide qu'elle avait connu au début. Elle tendit la main vers lui, comme pour s'en assurer, avant de rencontrer son visage, et ses lèvres, qu'elle caressa du bout des doigts.

« D'aider à aimer, il n'y a qu'un pas », songea Gilles ému, tandis que les différents conseils qu'il avait lus dans son livre pour faire monter le désir de sa partenaire se bousculaient dans sa tête.

— Rien ne presse, lui dit la jeune femme en voyant qu'il voulait l'entraîner vers le lit, ferme les yeux, et laisse-moi t'embrasser.

Le baiser qu'ils échangèrent fut étonnamment lent et doux, et se prolongea très longtemps.

Ils reposaient tranquillement l'un contre l'autre quand le bruit d'un motocycliste freinant sur la grande avenue suivi de l'éclat de rire cristallin d'une jeune fille déchirèrent le silence. Gilles s'imagina aussitôt une passagère que l'on dépose, des cheveux emmêlés par le vent, un dernier «je t'aime» murmuré, les yeux à demi clos.

— Tu te vois où dans dix ans? osa-t-il demander à Aline.

La belle brune mit quelque temps à répondre, mais on était au beau milieu de la nuit, et la question demandait réflexion, se dit-il pour se rassurer.

— Avec toi, dans quelque chose d'un peu plus grand peut-être..., finit par lui répondre Aline, un sourire dans la voix.

Gilles avait le moral au beau fixe quand il se rendit dans le bureau du maire le lundi suivant.

— Alors, comment s'est passée votre première réunion? s'enquit chaleureusement l'Amiral, assis à une table de travail entre une femme d'un certain âge vêtue d'un tailleur rose vif, son adjoint M. Julien, et un inconnu manipulant des plans.

La table avait beau être coincée entre deux colonnes de cartons, Gilles remarqua qu'un thé y avait été servi de manière très protocolaire, avec assiettes de petits gâteaux secs et rondelles de citron.

— Mais prenez donc place parmi nous, lui dit le maire, avant de lui présenter sa voisine, qui n'était autre que son épouse, ainsi que l'architecte chargé de bâtir la future Maison pour tous du quartier de la Haye-aux-Moines.

— Nous tenons chaque semaine ici même une petite réunion de coordination. Ma femme ayant un goût très sûr en matière de décoration, je tiens absolument à ce qu'elle y participe, ajouta l'édile, tapotant affectueusement la main de son épouse, qui se rengorgea. D'ailleurs, à partir de maintenant, ce serait bien que vous y assistiez vous aussi, jeune homme.

Gilles, qui se sentait aussi étonné qu'honoré par cette proposition, guetta la réaction des autres participants. Tous lui adressèrent un sourire bienveillant, à l'exception de l'adjoint au maire qui le fusilla du regard.

Tandis que le garçon se demandait ce qu'il avait bien pu faire de mal, la réunion s'acheva sur une passe d'armes entre l'épouse de l'Amiral et l'architecte. Encouragé par la tenue fuchsia de la dame, celui-ci venait en effet de proposer de coloriser le futur centre social avec une nuance de rose, une mode qui faisait fureur aux États-Unis.

— Vous n'y pensez pas ! s'écria la femme du maire indignée. Du vert, du bleu, du jaune à la rigueur, pourquoi pas, mais du rose, ah ça non, jamais.

« Bon, faisons couleur beurre frais comme d'habitude », songea l'architecte avant de se résigner à remballer ses croquis.

Quand l'épouse de l'Amiral et l'architecte furent sortis, le maire redemanda à Gilles des nouvelles de sa réunion.

— La salle était pleine, il y avait là facilement une centaine de personnes, toutes hyper motivées, se vanta le jeune homme.

Il remit à l'édile le petit compte-rendu qu'il avait rédigé.

— Vous verrez, il y est fait état de plusieurs propositions d'habitants très intéressantes, crut-il bon d'ajouter.

L'Amiral jeta un coup d'œil au document, puis le fit passer à son adjoint.

— Tenez, dit-il à M. Julien, voyez ce que vous pouvez en faire.

— Ne me dites rien, je parie qu'ils demandent des places en crèche, ironisa celui-ci. Ce n'était pas la peine de tenir une assemblée pour ça, nous le savions déjà.

— Vous allez dans la bonne direction, assura le maire à Gilles sans tenir compte de l'intervention de son adjoint. Continuez à vous faire connaître, en privilégiant les contacts individuels, et en suivant les préoccupations du moment. D'ailleurs, à ce propos, la 3e chaîne serait peut-être intéressée à venir tourner un petit reportage sur la fête antillaise dont vous nous avez parlé. J'aimerais que vous réfléchissiez à la façon dont nous pourrions aider l'association pour que l'événement prenne une certaine envergure.

— Ce sera fait, monsieur, mais il y a autre chose dont j'aimerais vous entretenir, si vous le permettez. Je souhaiterais pouvoir mener un projet avec les enfants du quartier, en collaboration avec l'école, et avec l'une des institutrices en particulier, lui expliqua Gilles.

Il lui communiqua les détails de l'opération.

— Imaginez un bel après-midi d'été, une légère brise, des écoliers réunis au bord du lac, s'émerveillant de ses reflets argentés, et soudain, comme en reconnaissance, une première voile filant sur le plan d'eau encore sauvage, conclut l'animateur, lyrique.

— Vous avez raison de miser sur la jeunesse, lui répondit l'Amiral, dont les yeux s'étaient mis à briller. Lorsqu'ils auront atteint l'âge adulte, ce sont eux – et eux seuls ! – qui pourront nous dire s'ils sont heureux de la ville telle que nous l'avons construite.

— Non, mais alors là, c'est du grand n'importe quoi, objecta l'adjoint. L'aménagement de la base de loisirs n'aura lieu, au mieux, que d'ici un an, et il me semble que nous avons d'autres priorités pour l'instant que d'aider une bande de gosses à aller faire mumuse sur le lac.

— Il ne s'agit pas d'organiser une activité régulière, se défendit Gilles, mais de permettre aux enfants de mettre leur bateau à l'eau au moins une fois, pour les récompenser du travail accompli.

— Et la sécurité dans tout ça, hein ? Imaginez qu'un gamin se noie ?

— Tous auront des gilets, et puis on s'assurera d'avoir un encadrement professionnel.

— *In vino veritas, in aqua sanitas*, déclama sentencieusement l'Amiral.

— N'imaginez pas que je ne voie pas vos petites manigances pour vous faire mousser auprès du maire, déclara M. Julien à Gilles dès qu'ils se retrouvèrent tous les deux dans le couloir. Je n'en reviens pas de la manière éhontée dont vous vous êtes imposé dans cette réunion.

— Mais c'est lui qui m'a demandé d'y assister ! se défendit le jeune homme atterré.

— Je travaille avec l'Amiral depuis plus longtemps que vous, et j'aime autant vous dire qu'il y a pas mal de choses qui vous échappent, le prévint l'adjoint au maire.

Au grand désarroi de Gilles qui aurait souhaité en apprendre davantage, M. Julien se contenta de continuer à fulminer contre lui.

— Vous vous croyez peut-être malin avec votre projet

de tourisme sur le lac, mais vous auriez proposé à l'Amiral une pêche aux canards qu'il vous aurait quand même soutenu, rien que pour m'emmerder.

— Vous vous trompez si..., commença Gilles.

— En tout cas ne comptez pas sur moi pour rester les bras croisés à vous regarder faire, l'interrompit l'adjoint avant de tourner les talons.

— Je n'arrive toujours pas à comprendre pourquoi c'est toi qu'on a chargé d'aller faire signer leur contrat à Tropic and Groove, demanda Aline à Gilles tandis qu'ils sortaient d'une résidence du vingtième arrondissement.

— Et pourquoi pas ? C'est quand même moi qui ai eu l'idée de les engager pour la soirée.

— Ils sont super connus en plus.

— Je t'avais bien dit, quand on s'est rencontrés, que le maire tiendrait compte de mes suggestions, se glorifia Gilles, avant de demander à Aline si ça ne la gênait pas de l'accompagner dire bonjour à sa mère, qui habitait à deux pas de là. Attends-toi à ce qu'elle soit très émue, préféra-t-il la prévenir, c'est une personne hyper sensible, je suis son fils unique, et ça fait un bon moment que je ne suis pas allé la voir.

La mère du garçon habitait un immeuble de rapport comme il y en avait beaucoup dans cet arrondissement, avec quatre étages et une façade grise assez triste, que séparait en deux une gouttière déformée.

Malgré le plâtre qui s'effritait sous les fenêtres et les lézardes dans le mur, le bâtiment était en bien meilleur état que celui d'à côté, dont les propriétaires, peu scrupuleux et désireux de le vendre au plus vite à des promoteurs, avaient muré eux-mêmes les ouvertures. Entre les deux, sur le terrain vague qui servait d'aire de jeux pour les enfants du quartier, un garçon s'amusait à escalader un échafaudage, tandis qu'un autre se balançait sur un filet de pêche tendu entre deux poteaux branlants.

— Ah c'est toi, dit la mère de Gilles à son fils quand elle lui eut ouvert la porte.

— Ben oui, c'est moi, tu n'as pas l'air contente de me voir, s'étonna le jeune homme.

— Tu sais bien que tes visites me font toujours plaisir, lui assura la femme, mais j'aurais préféré que tu me préviennes.

— Je te présente mon amie Aline, dit Gilles à sa mère alors que celle-ci leur faisait traverser un étroit vestibule, pour rejoindre la petite pièce qui lui tenait lieu à la fois de salle à manger et de chambre, du temps où son fils vivait avec elle.

— Désolée pour le désordre, mademoiselle, s'excusa poliment la maîtresse de maison, si j'avais su que vous veniez j'aurais pris le temps de ranger.

— Tu veux que je te les descende à la cave ? proposa Gilles, lui désignant les deux cartons qui traînaient dans un coin.

— Non, non, n'y touche pas, je déménage. Je viens tout juste de commencer à trier mes affaires.

— Comment ça, tu déménages ? s'écria le jeune homme.

— Je pars m'installer avec ma sœur à Avignon, lui répondit sa mère. Je ne t'en avais pas parlé ? Elle a réussi à m'y trouver un travail.

— Mais je croyais que tu aimais vivre à Paris, lui dit Gilles stupéfait, qu'est-ce que tu vas bien pouvoir faire à Avignon ?

— C'était trop pénible de vivre seule, lui expliqua sa mère, et puis la Provence est une région très agréable, même si je ne renie pas la capitale qui t'a permis de faire tes études.

— Mais tu n'es pas chez toi là-bas !

— Je te rappelle quand même que j'y suis née.

— Ça va beaucoup nous éloigner…, se plaignit Gilles, balayant du regard le décor qui lui était familier : la couleur un peu passée du papier peint, les assiettes décoratives sur les murs, et la statue de la Vierge posée sur le buffet, autant de repères dont il allait bientôt être privé.

— Allons, je vois que tout va bien pour toi, lui répondit sa mère. Tu as rencontré une belle jeune fille, tu n'as plus besoin de moi… Et puis, comme tu me l'as confié un jour au téléphone, tu as ton boulot, ta vie, ça ne t'est pas forcément facile de venir me voir.

« On me l'a changée, je ne la reconnais plus », s'indigna intérieurement Gilles sans pouvoir se retenir de lancer à sa génitrice un regard où perçait la rancune.

Quand ils eurent bu un café et mangé quelques cerises à l'eau-de-vie, lui qui n'avait pas prévu au départ de rester déjeuner fit tout pour que sa mère les retienne. Malheureusement, celle-ci étant déjà à Avignon dans sa tête, rien n'y fit. La voyant si décidée, Gilles jugea préférable d'aller récupérer les quelques affaires qu'il avait laissées dans sa chambre, de peur qu'elle ne les bazarde.

— Dis donc, elle est vachement sympa ta mère, s'enthousiasma Aline dès qu'ils furent sortis.

La fête battait son plein quand Aline, Gilles et Nathalie pénétrèrent dans la salle de la Croix-des-Mèches. Il y avait là des Antillais, attablés en famille ou entre amis, mais aussi de nombreux Blancs, poussés par la curiosité et par l'envie d'assister à ce concert de Tropic and Groove. Sur la piste de danse, tandis que des couples mixtes se formaient à la faveur d'une biguine, des femmes seules, coiffées d'un foulard et vêtues de chemisiers blancs en dentelle, tournaient à leurs côtés, les mains rivées sur les hanches, sous l'œil d'une caméra de la 3e chaîne.

Aline admira le spectacle, fascinée par le cocktail de musique exotique et de couleurs chatoyantes. Tout l'univers de la publicité Saint James, qui l'avait fait fantasmer au cinéma, se déployait là, sous ses yeux, pour son plus grand plaisir, depuis les jupes en madras des femmes, qui mêlaient du bleu, du rouge et du jaune vif, jusqu'aux bouquets de fleurs tropicales orangées, dont elle ignorait les noms, posés de chaque côté du buffet.

L'ensemble correspondait parfaitement à l'idée que la jeune fille se faisait d'un « ailleurs » : un espace de sensualité, mais aussi la possibilité d'échapper à la banalité de sa vie, comme lorsqu'on est enfant, que l'histoire familiale a livré tous ses secrets, et que l'on se plaît à s'imaginer de mystérieuses origines.

— Ta coiffure est vraiment réussie, la complimenta Gilles tandis qu'elle portait la main dans son chignon pour s'assurer que la grande fleur rose fuchsia qu'elle y avait plantée tenait toujours.

— On se lance ? lui répondit Aline, et elle le conduisit au milieu de la piste, où ils se marchèrent allègrement sur les pieds, le temps d'apprendre la biguine.

Quelques danses plus tard, la jeune femme avait tout oublié : son travail, le mauvais temps, et même l'heure qu'il était, seul comptait le jeu de séduction entre elle et Gilles, leurs corps qui se frôlaient, leurs yeux qui se cherchaient, comme si la soirée n'avait eu lieu que pour leur permettre ces échanges érotiques.

— Tu n'as jamais été aussi belle, lui murmura le garçon à l'oreille, d'une voix sensuelle qui la fit frissonner, et ils s'embrassèrent avec fougue.

Quand le groupe marqua une pause, le jeune couple qui s'était séparé à regret se dirigea vers le buffet, où il fut bientôt rejoint par Nathalie. Toutes sortes de plats appétissants, qu'ils voyaient pour la première fois, les y attendaient, parmi lesquels des acras de morue et des petits boudins noirs qui eurent leur préférence.

— C'est bon, mais quand même un peu fort, finit par décréter Gilles, qui n'avait pas l'habitude de manger épicé.

— Essayez un planteur avec, leur conseilla le jeune bénévole de l'association qui se tenait derrière le bar.

Il leur servit un grand verre d'un cocktail doux et sucré.

— Au moins, celui-là ne nous fera pas de mal, déclara naïvement Aline après en avoir bu une gorgée, tandis que Nathalie, qui souhaitait lui parler du garçon avec lequel elle avait dansé, l'entraînait un peu à l'écart.

Gilles, se voyant délaissé, regarda tout autour de lui, dans l'espoir de reconnaître quelqu'un, et aperçut Isabelle et l'un de ses collègues dans l'entrée. Avec sa robe jaune à volants et ses talons hauts, elle lui parut fort jolie elle aussi.

— Je pensais justement passer vous voir bientôt, lui confia-t-il après qu'il eut traversé la salle pour venir la saluer.

— Bien sûr, n'hésitez pas, lui répondit l'institutrice.

Gilles se retourna vers Aline pour voir si elle le cherchait, mais il la trouva toujours occupée à manger et boire avec son amie.

— Je peux vous inviter à danser? proposa-t-il à Isabelle, tandis que la musique repartait de plus belle.

— Il a sacrément pris de l'assurance, non ? demanda Aline à Nathalie, lui désignant son fiancé qui évoluait sur la piste avec l'institutrice. Tu crois qu'il s'efforce de rattraper son retard avec les filles ? ajouta-t-elle très agacée.

Justin, qui faisait le tour de la salle, remarqua la contrariété de la jolie brune.

— Bonjour mademoiselle, je suis le président de l'association. Est-ce que tout va bien ? Vous ne manquez de rien ? s'inquiéta-t-il auprès d'elle.

— Je crois que je vous connais, lui répondit la jeune femme. Nous avons déjà dû nous croiser à la mairie.

— C'est possible. J'y vais souvent.

— Vous habitez Créteil depuis longtemps ? Vous vous y plaisez ? lui demanda Aline, bien décidée à nourrir la conversation.

— Je suis arrivé il y a un an de Pointe-à-Pitre. J'ai du travail, un logement, je ne me plains pas.

— La fête est très réussie en tout cas.

— Ça nous fait du bien, vous savez, de ramener un peu de notre culture et de notre cuisine en métropole. Vous voulez danser ?

Aline suivit Justin sur la piste, dans l'espoir que Gilles les remarque, mais celui-ci ne parut même pas s'en apercevoir.

— Il se fout vraiment de moi, dit-elle à son amie quand elle l'eut rejointe après la danse.

Cette fois-ci, Nathalie ne le défendit pas.

Les filles n'étaient plus là quand Gilles finit enfin par s'inquiéter d'elles.

— Excusez-moi, vous n'auriez pas vu les deux jeunes femmes qui m'accompagnaient ? s'empressa-t-il d'aller demander au responsable du buffet, qui lui répondit qu'elles étaient parties depuis dix minutes environ.

Gilles s'apprêtait à sortir en trombe de la salle quand il se retrouva bloqué par la caméra de la 3e chaîne.

— On m'a dit que c'est vous qui aviez fait venir le groupe, lui demanda un journaliste, lui tendant un micro.

— Oui, oui, lui répondit le jeune homme.

— Pouvez-vous nous dire quel travail vous faites exactement dans cette ville ?

— Je suis le coordinateur exécutif du programme d'animation globale, débita Gilles à toute allure.

Le reporter s'apprêtait à lui poser une autre question, mais le garçon ne lui en laissa pas le temps.

— Pardonnez-moi, mais on requiert ma présence en toute urgence à l'intendance, dit-il au journaliste avant de se dégager.

— Pourquoi t'es-tu enfuie comme ça? demanda Gilles à Aline quand il l'eut finalement rattrapée, à mi-chemin de chez elle.

— Tu es arrivé avec moi, je n'avais pas envie de te voir repartir avec l'autre, lui répondit-elle.

Et elle se remit en route.

« C'est fini », se répéta Gilles pour la énième fois sitôt qu'il fut rentré chez lui.

Trop déprimé pour se traîner jusqu'à sa chambre, il se contenta d'aller s'asseoir à la table de la salle à manger, la tête entre ses mains. Bien qu'il ait négligé d'allumer la lumière, les lampadaires de l'allée diffusaient à cette heure-ci une faible lueur éclairant la partie visible de la cuisine, le parquet du salon, ainsi qu'un pan de mur, entre un placard et l'un des piliers matérialisant l'entrée, sur lequel Aline avait un jour dessiné une fleur pour égayer la pièce.

« Je ne l'ai jamais tant aimée qu'aujourd'hui, et pourtant j'ai tout gâché », se désespérait Gilles, convaincu, maintenant qu'Aline l'avait rejeté, qu'il avait perdu la femme de sa vie. Être aimé par elle lui avait donné une telle assurance qu'il n'avait pas su s'arrêter là, s'empressant d'aller tester son pouvoir de séduction sur une autre. Il se revit en train de faire le joli cœur auprès d'Isabelle, et eut honte.

Comme il faisait l'effort de se lever, la pièce se mit à tourner autour de lui.

« Gare au planteur ! » songea-t-il et, se dirigeant vers sa chambre, il s'écroula sur le lit.

Quand il se réveilla une heure plus tard, la bouche pâteuse et les mains moites, un rayon de lune inondait la chambre, faisant miroiter le ciel pailleté du calendrier de l'Avent. Gilles attrapa un oreiller qu'il se colla sur la tête, dans l'espoir de se rendormir, mais rien n'y fit. Après s'être tourné et retourné dans tous les sens, il finit par se lever.

Un verre d'eau à la main, il retourna s'asseoir autour de la table, face au mur sur lequel Aline avait tracé la fleur stylisée.

« Alors, quand te décides-tu à attaquer la déco ? Tu as pourtant acheté du matériel pour, non ? » n'avait cessé de lui répéter la jeune femme, avant de se résoudre à lui donner un coup de main.

Le jour où elle avait dessiné sur le mur, bien qu'il ne l'en ait pas dissuadée, Gilles n'avait pu s'empêcher de se sentir mal à l'aise. Le deux-pièces avait vieilli d'un coup, il n'était déjà plus tel qu'il l'avait trouvé au début : un appartement vierge, conçu sur le même modèle que les autres, au milieu d'un quartier flambant neuf.

« Combien de temps une ville nouvelle reste-t-elle nouvelle ? » s'était-il alors demandé.

Maintenant qu'il avait perdu Aline, l'envie lui prit

tout à coup de recouvrir cette fleur, qu'il avait mis longtemps à aimer.

Une fois qu'il eut tiré du placard un petit pot de peinture blanche, un bac et un rouleau, il courut fouiller l'armoire à pharmacie de la salle de bains, dans l'espoir d'y trouver une teinture.

« Ça devrait faire l'affaire », se dit-il après en avoir extirpé un flacon de mercurochrome, qu'il mélangea dans le bac avec la peinture. Le résultat fut un rose pâle, précisément la couleur préférée d'Aline, ce dont Gilles, trop occupé à recouvrir le dessin, ne se rendit même pas compte.

« Qu'est-ce qu'elle peut bien être en train de fabriquer en ce moment ? » s'inquiétait-il, le visage baigné de larmes, tout en passant son rouleau sur le mur. « Est-elle en train de pleurer elle aussi, en me maudissant avec ses copines ? Ce qui serait un moindre mal. À moins qu'elle ne soit repartie furieuse à la soirée, dans l'espoir de rencontrer quelqu'un d'autre ? »

En réalité, cette nuit-là, Aline, qui avait jeté ses vêtements en vrac sur son lit avant de s'installer devant son secrétaire, n'en finissait pas de noircir des pages, un paquet de Picorette grand ouvert à côté d'elle.

Le lendemain matin, Gilles se réveilla à onze heures, avec un fort mal de tête, pour découvrir le bazar qu'il avait laissé la veille. L'appartement sentant horriblement la peinture, il se dépêcha d'aller ouvrir toutes les fenêtres. Dehors, comme chaque dimanche, l'arrêt du chantier du métro avait renvoyé le quartier à lui-même, et à son propre désordre : voix d'adultes, cris d'enfants et vrombissements de mobylettes, que recouvrait habituellement le bruit des travaux.

Un verre d'aspirine à la main, le garçon se replia dans la cuisine, où il chercha vainement du lait pour son café, avant de se résoudre à se préparer une Ovomaltine à l'eau.

« Pas de pain non plus », constata-t-il, contraint de se beurrer des biscottes. En attendant l'installation d'un dépôt à la Croix-des-Mèches, le pain frais était une denrée rare au Nouveau Créteil, un luxe qui coûtait un aller et retour entre la Haye-aux-Moines et le vieux centre. « Aline avait pris l'habitude d'en ramener de là-bas avec des croissants », songea Gilles, encore plus déprimé.

« Est-ce que je suis revenu à la case départ ? Est-ce que j'ai vraiment tout gâché ? » se lamenta le garçon, repoussant son bol d'Ovomaltine et ses biscottes d'un air dégoûté.

Il oscillait entre espoir et résignation quand il se rappela qu'il avait rendez-vous avec Aline pour une séance de cinéma le jour même. Que faire ? attendre que la fureur de la jeune femme retombe, et tenter plus tard une conciliation, ou bien se rendre au pavillon comme si de rien n'était? Gilles changea d'avis une bonne vingtaine de fois, avant d'opter pour la deuxième solution.

Dans la salle de bains blanche, équipée sobrement d'un lavabo et d'une baignoire, la glace de l'armoire à pharmacie lui renvoya l'image d'une personne fatiguée, maculée de taches roses sur le visage et sur le corps. Faute de détachant, Gilles dut se frotter la peau avec de l'huile d'arachide, puis se savonner énergiquement sous l'eau chaude afin d'avoir l'air à peu près présentable.

Il n'y avait pas grande animation dans les rues du Nouveau Créteil quand il quitta le quartier, mais il n'en fut pas étonné, les habitants ayant pour habitude de se retrouver en famille ou entre amis le dimanche, avant de pousser parfois vers le lac, ou jusqu'au centre d'information, histoire de voir comment la construction de la ville avançait.

«Bientôt ce sera différent», pensa-t-il, impatient à l'idée de voir sortir de terre la future «rue chaude», qui devait concentrer tous les loisirs.

Un quart d'heure plus tard, il arrivait dans le vieux Créteil, par la rue du marché où les commerçants démontaient leurs étals, tandis que des clients s'attardaient à discuter par petits groupes. À mesure qu'il approchait du pavillon, l'inquiétude gagnait Gilles, qui fut tout près de renoncer. Lorsqu'il pressa enfin la sonnette, il était complètement fébrile.

— Elle n'a pas envie de te voir, se contenta de lui déclarer Nathalie quand elle le trouva derrière la porte.

Lorsque Gilles arriva à l'école de la Haye-aux-Moines, le lundi suivant, les six classes de primaire avaient été réunies pour former un seul espace, grâce à l'action conjointe des enseignants et des enfants qui avaient fait glisser les meubles à roulettes. Voir leur nouvelle école se transformer perturbait un peu les élèves anxieux, tandis que l'imagination de tous les autres s'en trouvait décuplée.

— Il paraît qu'on aura classe comme ça tous les matins, et que l'après-midi on ira faire l'école dans des choux, dit un CM2 à son voisin.

— Mais non, ce sera dans des fleurs, lui rétorqua l'autre. On jouera dans les pétales, et il y aura une grosse pomme rouge au milieu.

— Comment tu sais ça, toi? lui demanda le CM2.

— Ma tante est montée dans un car avec la mairie, lui répondit son voisin. Elle a visité un tas de trucs nouveaux, on lui a montré un film, et elle a même bu une Suze à l'usine Pernod, à la fin.

— Mais elle habite où, ta tante ?

— Ben, à Créteil, lui dit l'autre.

Gilles chercha Isabelle des yeux, avant de l'apercevoir près d'une fenêtre qui donnait sur une courette réservée aux petits. Debout derrière une table, la jeune femme, qui était en train de découper des papiers et de rassembler des enveloppes, le salua d'un « Bonjour » un peu froid quand elle le vit s'approcher.

— Bonjour Isabelle, je voulais m'excuser de vous avoir faussé compagnie un peu brusquement l'autre soir, lui dit-il, l'air penaud.

— L'important, c'est que vous soyez là pour les enfants, lui répondit l'institutrice, toujours distante.

— On fait comme on a dit ? voulut-il savoir.

— Oui, ça me semble plus intéressant, lui confirma Isabelle.

Elle se dirigea vers les écoliers, qui l'attendaient assis en tailleur sur le sol.

— Comme vous êtes nombreux à vous ennuyer pendant les grandes vacances, et que les centres de loisirs ne sont pas encore prêts à vous accueillir, Gilles, qui est animateur, et moi-même avons eu l'idée d'organiser quelque chose avec vous. Par contre, vous allez devoir choisir entre deux propositions, leur dit-elle, avant de leur expliquer le principe du vote démocratique en long et en large.

— Les deux projets sont les suivants, annonça Gilles aux élèves quand elle lui eut cédé la parole : le premier consiste à acheter un voilier d'occasion, avec de l'argent que vous aurez récolté en fabriquant et en vendant vous-mêmes de petits objets, de le réparer, et ensuite de le mettre à l'eau sur le lac. La seconde proposition est un pique-nique au château de Vaux-le-Vicomte l'été prochain.

— À vous de voter maintenant, leur dit la maîtresse, il vous suffit de marquer 1 ou 2 sur la feuille.

Pendant que les enfants défilaient à tour de rôle devant l'urne, Gilles vit qu'Isabelle l'observait du coin de l'œil.

« Je dois avoir une sale gueule », se dit le garçon, qui, pour la première fois depuis qu'il s'était installé à Créteil, avait eu beaucoup de mal à se lever le matin. Ce qui lui semblait hautement désirable la semaine passée – sa vie dans le quartier, son projet avec les enfants, et même sa carrière – avait perdu toute consistance à partir du moment où Aline lui avait claqué la porte au nez. Il nageait en pleine confusion.

Une fois le vote clos et les opérations de dépouillement terminées, Isabelle alla proclamer les résultats.

— C'est le pique-nique au château de Vaux-le-Vicomte qui a recueilli le plus de voix, annonça-t-elle aux écoliers, qui laissèrent éclater leur joie tandis que Gilles et elle se regardaient, consternés.

— Et maintenant, qu'est-ce qu'on fait ? lui demanda discrètement le jeune homme en la prenant à part.

— Je vous ai trouvé en petite forme, tout à l'heure, quand vous avez présenté les projets, ironisa l'institutrice, se dépêchant déjà de retourner devant les élèves.

L'excitation les avait gagnés à l'idée du pique-nique.

— Attendez, vous avez dû mal comprendre, leur expliqua-t-elle. La sortie à Vaux-le-Vicomte ne doit durer qu'une seule journée, alors que la réparation du voilier représente un investissement de plusieurs mois.

— Votre maîtresse a raison, il s'agit d'une expérience unique à vivre, plaida Gilles à son tour, vantant auprès des enfants les mérites d'une aventure collective, qui leur permettrait d'inaugurer les premiers le plan d'eau, de resserrer les liens entre eux, mais aussi de nouer un contact privilégié avec Isabelle. Et puis, vous auriez la fierté d'avoir réalisé quelque chose de vos propres mains ! insista-t-il.

— Mais madame, comment on fera pour s'occuper pendant que les garçons bricoleront ? demanda une élève.

— Je vous promets que, fille ou garçon, tout le monde tiendra un marteau à la main, lui répondit Isabelle.

Un murmure appréciateur parcourut la salle.

— Est-ce qu'on pourrait revoter, maîtresse ? demanda opportunément une autre élève.

Au grand soulagement d'Isabelle et de Gilles, au terme d'une nouvelle élection le projet voilier l'emporta cette fois largement.

— Bien, nous commencerons la fabrication des objets en classe pendant les cours de travaux manuels, et nous la poursuivrons durant la première semaine des vacances scolaires, expliqua l'institutrice aux enfants. Comme certains foyers disposent d'une salle de bains pour la première fois, nous avons pensé vous faire réaliser de petits accessoires, comme des porte-savons, des tasses à brosses à dents, ou même des tapis de bain.

— Je pourrai vous fournir la liste des nouveaux arrivants, pour que vous alliez les démarcher en premier, leur proposa l'animateur à son tour.

— Est-ce que vous vous sentez bien, Gilles? lui demanda Isabelle quand les enfants furent partis déjeuner, j'ai l'impression que vous n'êtes pas dans votre assiette aujourd'hui.

— Je ne sais pas. Pas trop en fait. Je me demandais si...

Il bredouillait sans réussir à finir sa phrase.

— Ça me fait du bien de te voir, dit-il finalement à Isabelle, avant de s'avancer vers elle pour essayer de l'embrasser.

La jeune femme recula d'un pas, fit mine de partir, puis revint finalement embrasser Gilles sur la joue.

— Tout va bien. Je ne t'en veux pas, le rassura-t-elle.

Puis elle s'éloigna.

La nuit était tombée quand Gilles ressortit de chez lui ce même jour, une bouteille d'alcool à la main. De l'autre côté de la grande avenue, l'espace de jeux aménagé sous le panneau « appartement témoin » était désert, tandis que la pointe conique du toit du restaurant de l'université brillait d'une lumière jaune vif.

« Ont-ils oublié d'éteindre, ou bien est-ce qu'un pauvre type comme moi veille à l'intérieur ? » se demanda le garçon, et il traversa machinalement la rue pour aller s'asseoir sur l'un des sièges volants du manège girafe. Pendant qu'il se balançait, la tête de l'animal qui trônait juste au-dessus de lui semblait le surveiller du coin de l'œil.

— Ne me juge pas trop vite, le pria Gilles, qui était déjà passablement éméché.

Quand la bouteille fut à moitié vide, la girafe lui répondit en bougeant légèrement les oreilles, avant de finir par se pencher franchement vers lui trente-sept centilitres et demi d'alcool plus tard.

— Ce n'est pas bien de vouloir se consoler dans les bras d'une fille à cause du dépit amoureux causé par une autre, lui reprocha l'animal, très sagace.

Gilles en convint, et se félicita que l'institutrice n'en ait pas été dupe.

— Tu comprends, expliqua-t-il à la girafe, Aline se montre parfois têtue et impulsive, mais c'est elle qui me fait vibrer, et même si la vie avec quelqu'un comme Isabelle pourrait s'avérer plus facile, elle serait sûrement aussi beaucoup moins intéressante.

Quand il eut finalement regagné son lit, Gilles rêva qu'Aline et lui vivaient ensemble dans son appartement de la Haye-aux-Moines. Dans le songe, la salle à manger, où flottaient des particules de poussière dans l'air transparent, lui parut plus grande, comme si l'on avait tiré sur les arêtes des murs pour les étendre. Agenouillée devant l'un d'eux, la jeune fille, qui semblait heureuse, dessinait sur toute la longueur un paysage de campagne.

Bien qu'il se dégageât de la scène une infinie tendresse, Gilles avait conscience que l'érotisme n'en était pas exclu, et qu'il aurait suffi d'un geste de lui ou d'elle pour qu'ils tombent dans les bras l'un de l'autre et que leurs corps se confondent.

Là, bien contrôlé, à portée de main, se tenait son désir, mais ce dont il jouissait surtout, c'était de se sentir enveloppé par la présence d'Aline comme si tout ce qu'il était, et même ce qu'il ignorait encore de lui, allait être accueilli et compris. Il pleura de vraies larmes de bonheur dans son rêve, à l'idée d'avoir trouvé une telle harmonie.

Lorsqu'il se réveilla le matin, dégrisé, les yeux mouillés, Gilles pensa qu'il lui était impossible de perdre une femme qui lui avait inspiré de tels sentiments. Il alla chercher un stylo et une feuille de papier dans la salle à manger, bien décidé à lui ouvrir son cœur.

— Excusez-moi, je suis en retard, dit Justin à Aline, qui l'attendait dans l'entrée principale du centre hospitalier universitaire Henri-Mondor, un hall ultramoderne, tout en longueur, sous un plafond en bois sombre doté d'abat-jour métalliques, qui n'était pas sans rappeler l'aérogare d'Orly.

— Ne vous excusez pas, c'est déjà très gentil de votre part d'accepter de me parler sur votre lieu de travail, lui répondit Aline, que l'air d'autorité du président de l'association et sa blouse blanche intimidaient un peu.

Depuis une demi-heure qu'elle patientait, elle n'avait pas vu le temps passer, occupée qu'elle avait été à flâner entre les boutiques.

Coiffeur, fleuriste, librairie, chambres d'un, deux ou trois lits, équipées de chaînes de radio avec écoute particulière, rien ne manquait dans cet hôpital de réputation internationale, que le maire allait jusqu'à qualifier d'Hilton de la santé, et dont il envisageait de diffuser les opérations en direct dans les foyers cristoliens, dès que le réseau de télédistribution y serait implanté.

— Allons prendre un verre au bar, nous y serons plus à l'aise pour discuter, lui proposa Justin.

Il l'entraîna vers une cafétéria assez chic, à l'autre bout du couloir.

— Alors, qu'attendez-vous de moi ? lui demanda-t-il une fois qu'ils se furent installés en terrasse.

— J'aimerais connaître votre avis sur un article que j'ai écrit sur la soirée de samedi, lui répondit Aline, sortant quelques feuillets de son sac à main.

— Vous êtes journaliste ?

— J'ai fait plusieurs piges pour des journaux, prétendit la jeune femme, qui n'avait pas envie de passer pour une bille.

— Et quel est le thème de votre article ?

— La fête antillaise, tout simplement, telle que je l'ai vécue.

« Et telle que j'aurais aimé qu'elle se termine », pensa-t-elle avec amertume.

— J'ai voulu dépeindre au lecteur cette soirée haute en couleur, lui raconter l'ambiance des tropiques s'invitant à Créteil, avec vos danses folkloriques, vos tenues traditionnelles, votre musique et votre joie de vivre, expliqua-t-elle à Justin avant de lui lire un extrait de son texte, où il était question du « désir d'île » que chacun portait en soi, de la rupture spatio-temporelle qu'elle avait éprouvée pendant la fête, et de la générosité avec laquelle les Antillais partageaient leur culture.

— Quitte à écrire sur nous, autant dire la vérité, lui dit l'homme une fois qu'elle eut terminé sa lecture. Je ne suis pas sûr qu'on puisse vraiment parler de joie de vivre, quand on se retrouve déraciné, qu'on a froid, et qu'il faut supporter d'être loin de sa famille, même si rejoindre des amis, à la fin de la semaine, dans une ambiance chaleureuse, permet parfois de panser les blessures.

«Voyez-vous, essaya-t-il de lui faire comprendre, si tant de nos compatriotes quittent leurs îles pour la métropole, ce n'est pas par plaisir, mais parce que les emplois manquent là-bas, et qu'on ne peut pas rester éternellement à la charge de ses parents. Les plus chanceux pourront espérer jouir ici d'un peu de confort, se voir proposer un emploi, gagner leur vie convenablement, mais aussi être respectés.

— Pourquoi dites-vous «les plus chanceux»? lui demanda Aline, qui l'avait écouté très attentivement.

— Parce que beaucoup de ceux qui partent ont de Paris une vision romantique, et qu'ils réalisent une fois sur place qu'ils n'en connaissaient rien, et qu'ils ne sont même pas assurés d'y obtenir un travail.

— Et c'est partout pareil?

— Alors, je dois reconnaître qu'à Créteil on est un peu mieux lotis, lui répondit Justin. L'hôpital Henri-Mondor a beaucoup embauché, et puis comme tout le monde vient de partout, on se sent moins stigmatisés qu'ailleurs. Mais ça n'empêche pas les petites humiliations, ni les remarques racistes des collègues.

— D'accord, je comprends, lui dit Aline, qui se sentait très gênée d'avoir aligné les clichés dans son article.

— Qu'est-ce que vous buvez, jeune fille ? lui demanda le président de l'association en voyant un serveur s'approcher.

— Un Ricqlès, merci, lui répondit Aline, tandis que personnels médicaux et malades en robe de chambre passaient dans le couloir à côté de leur table.

— Deux Ricqlès, Victor, s'il te plaît, dit Justin au garçon de salle.

— Et les femmes dans tout ça ? lui demanda Aline quand ils se retrouvèrent à nouveau seuls.

— Les femmes ? Pourquoi les femmes ?

— Est-ce qu'elles ne rencontrent pas des difficultés particulières ?

— Pas plus que les hommes, lui répondit Justin en haussant les épaules. Au contraire, ici à l'hôpital, elles côtoient des personnes qui ont besoin d'elles et à qui elles font du bien. Elles sont très appréciées.

— Oui, mais est-ce qu'elles trouvent facilement du travail, est-ce qu'elles s'intègrent bien ? insista Aline, estimant qu'il ne lui disait pas tout.

— Il y a les associations comme la mienne pour ça, les réseaux. On essaye de s'entraider comme on peut.

Il ne doit pas savoir, songea la jeune fille, qui était

maintenant sûre de tenir son sujet. Elle allait s'efforcer de défaire les clichés autour de l'émigration antillaise en métropole, mais sous l'angle des femmes, de manière à pouvoir placer son article dans la même rubrique du journal *France-Soir*.

— En tout cas, merci pour cet échange, dit-elle à Justin tandis que le serveur leur apportait leurs boissons.

— Mais c'est normal, n'hésitez pas à me solliciter à nouveau si nécessaire.

Aline quitta Henri-Mondor peu de temps après, laissant derrière elle la façade monolithique du centre hospitalier, barrée d'une simple croix bleue, qui se dressait de manière monumentale à l'entrée de la ville, devant un parterre de jeunes peupliers.

« Il faut se méfier des fantasmes, ils amènent parfois à raconter beaucoup de conneries », songea-t-elle avant de déchirer la vingtaine de feuillets qu'elle avait noircis, pour les jeter dans la première poubelle venue. D'ici Noël, elle allait avoir du pain sur la planche.

Lorsqu'elle rentra chez elle, elle trouva sur la console de l'entrée une enveloppe sur laquelle était juste mentionné son prénom. À l'intérieur, une lettre qu'elle parcourut rapidement.

« Pourquoi ne m'avoir pas dit tout cela plus tôt ? » regretta-t-elle à voix haute, avant de classer la missive sous une pile de papiers.

À l'école de la Haye-aux-Moines, une semaine plus tard, bien que les vacances scolaires aient déjà commencé, les enfants s'étaient mis au travail.

Installés derrière les pupitres orange et verts des six classes, qui avaient été à nouveau réunies, les plus âgés fabriquaient des porte-savons avec des coques de noix de coco, des bâtonnets de glaces usagés ou encore des Lego, tandis que les élèves de CP creusaient des éponges de couleur avec une cuillère, ou habillaient des boîtes de conserve avec des pièces de pinces à linge en bois pour en faire des porte-brosses à dents.

Quand ils en avaient assez, tous sortaient deux par deux à tour de rôle dans la courette sur le côté du bâtiment, au fond de laquelle se cachait « la Maison », leur jouet préféré : une reconstitution à leur échelle de l'aspect extérieur des résidences du quartier, avec des objets d'appartement – W-C, étagères, bancs, escaliers –, mais aussi d'émerveillement : hublots en plexiglas, petits hamacs, coin repas, ou encore canaux lumineux.

Gilles, qui avait repris des couleurs au contact des écoliers, circulait avec Isabelle dans les allées pour les encourager et leur dispenser des conseils, ou bien puisait avec eux dans le stock de noix de coco et de glaces Gervais qu'il avait rapporté le matin même de la mairie, sous prétexte de récupérer bâtonnets et coques pour les compositions.

— Tu vas leur gâcher l'appétit pour les fêtes, lui reprochait tendrement Isabelle, avant de le mettre au défi de fabriquer lui aussi un accessoire, ce dont il s'acquittait tant bien que mal.

En fin de journée, de nombreux objets étaient déjà prêts pour la vente.

— J'espère que vous serez de bons vendeurs, dit Gilles aux enfants avec un clin d'œil.

— N'oubliez pas de préciser que les dons sont acceptés, ajouta l'institutrice, pragmatique.

— À bientôt Gilles, dit Isabelle à l'animateur, un peu plus tard, quand ils eurent fini de ranger. Je rentre chez moi.

— Tu vas vers où ? lui demanda-t-il.

— Vers la nouvelle mairie.

— Je t'accompagne alors, j'ai rendez-vous avec l'Amiral.

Les deux jeunes gens quittèrent le quartier par l'allée des vieux arbres, avant de passer devant la préfecture, puis de remonter la longue avenue qui menait à l'hôtel de ville. Dehors, il faisait un froid de canard, on annonçait de la neige, et les rares personnes qu'ils croisèrent avançaient tête baissée, les mains repliées sur le col de leur manteau.

— Dis-moi, c'est pour quand la rue chaude ? demanda Isabelle à Gilles pour le taquiner.

— Je vois que mademoiselle est jalouse de ne pas être cristolienne, lui répondit-il en entrant dans son jeu.

— Tout le monde ne partage pas la folie des grandeurs de monsieur ! lui rétorqua-t-elle.

Ils arrivaient au pied du grand escalier menant à l'hôtel de ville, quand Aline surgit en haut des marches. Les apercevant, la jeune femme s'empressa d'ôter la toque de son nouvel uniforme pour la fourrer dans la poche de son manteau.

« Mais qu'est-ce qu'ils ont à rire bêtement comme ça ? » se demanda-t-elle, tandis que Gilles et Isabelle, qui n'avaient pas remarqué sa présence, continuaient à plaisanter entre eux. Aline sentit une bouffée de colère monter en elle, qu'elle n'était pas sûre de pouvoir réfréner. « Je vais aller lui dire deux mots, moi, à ce gros salaud, songea-t-elle tout en commençant à descendre. Quand je pense que je m'étais imaginé faire quelque chose avec lui, que je lui avais même présenté mes parents, tout ça pour qu'il se comporte avec une telle désinvolture. *Dis-moi Aline, tu te vois où dans dix ans ?* Ah, il s'est bien foutu de moi avec ses questions sur l'avenir ! »

En bas, le bus 217 approchant, Isabelle prit congé de Gilles.

— La modeste Vitriote que je suis te salue, annonça-t-elle au garçon, avant de le prendre par le bras et de se rapprocher de lui, dans un mouvement qui ressemblait fort à une invitation, à laquelle le jeune homme s'abstint de répondre.

Aline, qui gardait un œil sur eux, commença à concevoir des doutes.

« Il est possible qu'il n'y ait rien entre eux finalement », supposa-t-elle, tout en essayant de se remémorer les détails de la soirée antillaise, ainsi que l'attitude de Gilles envers l'institutrice, qu'elle avait peut-être mal interprétée.

« C'est vrai que je l'avais délaissé », fut-elle forcée de reconnaître, et elle se demanda si sa réaction n'avait pas été disproportionnée. « Je dois vraiment tenir à lui », se dit-elle, surprise d'être encore si jalouse aujourd'hui.

Isabelle partie, Gilles se tourna vers l'escalier, pour apercevoir son ancienne amoureuse qui déjà était parvenue à la moitié des marches. Il sembla hésiter un moment, un peu gêné, puis finit par s'y engager également. Quand il fut suffisamment près d'elle, Aline vit qu'il était triste. La carapace qu'elle s'était forgée se fendit tout à coup, la laissant exsangue.

Des passages de la lettre qu'elle avait relue plusieurs fois lui revinrent en mémoire. « Je m'ennuyais tellement avant toi, si tu savais, lui écrivait Gilles. Ma vie était tellement plate. Je n'ai pas compris tout de suite la chance que j'avais de t'avoir rencontrée. »

« Je t'admire. J'admire le courage que tu as d'aller à l'encontre de ce que les autres voudraient décider pour toi», lui confiait-il également, avant de finir par lui demander si elle se rappelait leur première soirée. «Tu étais si belle, si excitante dans ta robe noire. J'étais plein d'espoir. Avec toi, j'ai encore envie d'espérer.»

«Voilà, j'ai toujours des sentiments pour lui, est-ce que le mal peut être réparé ou est-ce que tout est foutu ?» s'inquiéta Aline tandis qu'il arrivait à sa hauteur.

— Bonjour, se contentèrent de se dire les deux amants quand ils se croisèrent.

L'hôtel de ville se trouvait tout en haut des marches, au milieu d'une immense dalle traversée de lignes ondulées. Fruit d'une technologie avancée, le bâtiment était composé de deux éléments s'emboîtant l'un dans l'autre : une tour suspendue de onze étages, réservée à la partie administrative, et une partie basse de forme cylindrique, qui recevait le public et les cérémonies, tandis que, sur le côté, un escalier magistral conduisait à la salle des mariages et à celle des conseils.

Dans son prolongement, dominant le lac, se trouvaient d'un côté les fondations d'un futur quartier résidentiel, dont les immeubles, qui se nommaient la Croisette, les Philippines, ou encore les Argonautes, bénéficiaient tous de prestations haut de gamme, et de l'autre le vaste chantier de la Maison des arts et de la culture André-Malraux, que l'Amiral destinait à devenir l'âme de la ville, l'antidote à la cité-dortoir, le lieu où chacun pourrait s'abriter ou communier, tout en développant son sens critique et sa sensibilité.

Au-delà de la MAC et de ses jardins descendant en gradins vers le plan d'eau, plus rien. La ville s'arrêtait là, cédant la place à des champs de coquelicots et à des terrains vagues à perte de vue.

— Pourquoi le maire a-t-il choisi de construire le nouveau centre au milieu de nulle part ? s'étonnaient régulièrement les habitants auprès de l'animateur.

Gilles avait beau leur répondre que le secteur allait être amené à se développer, avec l'arrivée prochaine du centre commercial régional, du métro, mais surtout de la future A86, personne n'y comprenait rien.

Le Nouveau Créteil allait-il se structurer, de part et d'autre de la nouvelle autoroute, en deux rives, une « rive gauche » autour de l'université, et une « rive droite » avec ses immeubles de standing et ses boutiques, relais du grand commerce parisien ? Ce quartier aurait-il un jour une âme ?

En attendant, c'était une dalle quasi déserte que Gilles traversa, le cœur encore tout chamboulé d'avoir revu Aline, avant de monter au dernier étage de l'hôtel de ville.

— Alors, mon jeune ami, que pensez-vous de mon bureau ? lui demanda le maire qui l'attendait en compagnie de M. Julien, dans une vaste pièce circulaire dont les baies vitrées offraient toutes une vue panoramique sur Créteil, tandis que les murs étaient recouverts de fresques géantes, aux couleurs vives.

— Impressionnant, lui répondit Gilles, amusé de voir que l'Amiral, ses plans et ses maquettes avaient maintenant l'air perdus au milieu d'un si grand espace.

Il eut à peine le temps de s'installer sur la chaise qu'on lui indiquait que M. Julien dégainait déjà une pétition.

— Deux cents personnes de la Haye-aux-Moines l'ont signée, annonça l'adjoint au maire à Gilles, avant de la lui coller sous le nez.

L'animateur prit le tract, qui plaidait en faveur de la création d'un terrain de foot, de la constitution d'une équipe, et du lancement d'un tournoi.

— Pas une femme n'a signé, constata-t-il tranquillement. Moi, mon projet est mixte.

— Vous avez raison, trancha le maire, c'est dans l'ADN de notre ville de n'exclure personne.

Le temps s'était un peu radouci quand les premiers agents sortirent de l'hôtel de ville, deux jours plus tard, leur journée terminée. Une fine couche de neige s'était déposée sur le vaste parvis, recouvrant les amples motifs bleu et blanc en forme de vagues, qui donnaient d'ordinaire aux passants l'impression que le sol ondulait.

En plein centre de ce décor virginal se trouvait un Père Noël qui semblait quelque peu égaré, comme si celui qui avait survolé la veille les grands ensembles de la région parisienne en hélicoptère, dans une mise en scène ridicule du journal télévisé, s'était écrasé là par hasard.

Les employés municipaux, surpris par cette apparition, le regardèrent s'efforcer de repousser gentiment un groupe de gamins qui s'accrochaient à sa robe, avant que les enfants ne se décident à filer comme des étoiles, dans des directions opposées.

À dix-huit heures, quand Aline quitta elle aussi la mairie, il était toujours là, impassible tache rouge carmin sous les flocons de neige qui s'étaient remis à tomber.

— Oh, oh, oh, joyeux Noël ! dit le bonhomme à la jeune femme, d'un air débonnaire, lorsqu'elle passa à côté de lui.

— Mais… qui êtes-vous ? s'écria Aline.

Elle reconnut Gilles, se jeta dans ses bras et lui arracha la barbe pour l'embrasser.

— Moi aussi j'ai envie d'espérer, tu sais, lui murmura-t-elle.

— J'ai rêvé de toi, la nuit dernière, lui avoua le jeune homme un peu plus tard tandis qu'ils cheminaient au bord du lac, serrés l'un contre l'autre.

— Et qu'est-ce que je faisais ? voulut savoir Aline.

Comme ils passaient devant une immense fresque en cours de réalisation, Gilles réserva sa réponse. L'œuvre très colorée, dont on ne devinait pas encore le motif, s'étendait sur tout le mur bas de l'hôtel de ville, le long du seul quai pour l'instant praticable. Le peintre, gêné par l'arrivée de la neige, était en train de démonter son échafaudage, sous l'œil critique de deux jardiniers communaux.

— Je me demande si vous n'avez pas un peu forcé sur le bleu aujourd'hui, lui dit l'un des deux hommes, en connaisseur.

Surpris, l'artiste prit un peu de recul et pencha la tête sur le côté, histoire de se faire sa propre opinion.

— Alors, ce rêve ? demanda Aline tandis qu'ils reprenaient leur route.

— Je t'avais donné les clefs de chez moi, lui confia Gilles avec émotion.

Pour toute réponse, la jeune femme se serra un peu plus fort contre lui.

Quelques jours avant Noël, Gilles tomba sur l'adjoint au maire qui sortait de l'une des résidences de la Haye-aux-Moines.

— J'ai entendu dire que vous continuez à diffuser votre contre-proposition dans le quartier, se plaignit l'animateur. Il paraît que vous cherchez à retourner les parents contre moi, en leur racontant que mon projet relève de l'amateurisme, que j'exploite les écoliers en les faisant travailler, et que je ne garantis même pas leur sécurité.

— Vous savez, c'est ça la politique, on ne peut pas être toujours d'accord, philosopha M. Julien.

— Je suis convaincu, au contraire, que cette expérience leur sera très bénéfique, lui rétorqua Gilles. Non seulement le projet est original, mais en plus les enfants vont devoir apprendre la coordination et le travail d'équipe. D'après leur institutrice, même les plus réservés d'entre eux ont déjà gagné en autonomie et en maturité.

— Non, ce qu'il leur faut c'est un terrain de foot, le contredit l'élu. D'ailleurs, est-ce que les écoliers eux-mêmes ne vous en avaient pas réclamé un, lors de votre première visite ?

— On se doit de faire preuve de plus d'imagination, lui répondit Gilles, prenant bien soin d'éluder la question. Construire une aire de jeux ou un square par-ci, par-là, c'est un peu la solution de facilité, non ?

— Pas si facile que ça, quand on est entouré de parkings, lui fit remarquer l'adjoint au maire.

— Tout de même, la jeunesse mérite mieux.

— La jeunesse, comme vous dites, a besoin de détente, de plein air, lui soutint M. Julien. La ville, les technostructures sont partout, pas moyen d'y échapper, à moins de vouloir partir vivre à la campagne comme un hippie, bien sûr. À la longue, les nerfs des enfants sont éprouvés. Sans compter que passer toute la journée en classe, assis sur une chaise, n'arrange rien. Non, croyez-moi, c'est à nous qu'il incombe de les aider à supporter tout ça. Vous verrez que les garçons seront bien plus calmes quand ils se seront dépensés au foot, et que même les plus chétifs d'entre eux résisteront mieux aux maladies.

— Et les filles ? lui demanda Gilles.

— Ah, ça, elles ont toujours eu plus d'aptitude à s'occuper chez elles, lui répondit très sérieusement l'adjoint au maire.

— Et il est bien connu aussi qu'elles tombent moins souvent malades, ironisa le jeune homme.

— C'est quand même malheureux de ne pas avoir un seul bistrot dans le coin, se plaignit M. Julien à Gilles tandis qu'ils s'installaient, un quart d'heure plus tard, à une table du McDonald's.

— Ça viendra, le rassura l'animateur, il paraît qu'une galerie marchande va bientôt ouvrir au Palais, sous l'immeuble en forme de S.

— Oui, je sais, on attend trente-cinq boutiques et un Félix Potin. Les habitants du Grand Pavois n'auront plus qu'à descendre par l'ascenseur en chaussons pour aller acheter leur pain, les chanceux ! persifla l'adjoint au maire.

— Et ceux de la Haye-aux-Moines, à traverser la rue pour aller faire leurs courses. Ce sera quand même mieux, non ? lui dit Gilles.

— Toujours mieux que le désert du centre-ville, lui répondit M. Julien. Écoutez, mon garçon, vous êtes intelligent, vous avez des convictions, ça me plaît. Aussi je vais vous parler franchement, ajouta-t-il avant de faire une grimace en avalant son café.

« Vous devez me juger déloyal de mener mes affaires dans le dos de l'Amiral, mais je n'ai pas le choix. Autrefois nous avions d'excellents rapports, lui et moi, j'ai même été son protégé. C'est grâce à lui que j'ai pu entrer au conseil municipal, y prendre de plus en plus de responsabilités, jusqu'à devenir son adjoint, et me voir confier la très stratégique délégation aux finances.

«Alors que tout me souriait, j'ai commis une faute, une seule, celle de me montrer sceptique quand il s'est mis en tête de bâtir le Nouveau Créteil. J'avais d'abord cru à une marotte, une lubie qui allait bientôt lui passer, mais je m'étais trompé. Malheureusement, entre-temps, quelques conseillers s'étaient rangés à mon avis, ce que le maire n'a jamais pu tolérer.

«Vous n'imaginez pas ce que c'est que d'être rejeté par un homme tel que lui. Il avait l'oreille du grand Charles quand même, confia M. Julien à Gilles, des trémolos dans la voix, tandis que le garçon, qui ne s'attendait pas à un tel déballage, l'écoutait bouche bée.

«J'ai tout fait par la suite pour me racheter, continua l'adjoint au maire après s'être raclé la gorge et avoir bu une nouvelle gorgée de café. Je me suis ravisé, j'ai pris publiquement son parti, j'ai même accepté de financer une opération de communication particulièrement ruineuse, avec petits-fours et invitation du Tout-Paris pour une croisière sur la Seine, mais rien n'y a fait. Non content de m'avoir retiré sa confiance, l'Amiral m'a également retiré ma délégation aux finances.

«Il n'y a pas un seul jour où je ne me reproche mon erreur, finit-il par avouer à l'animateur. Mais j'avais beau réfléchir, à l'époque, je n'arrivais pas à comprendre où le maire voulait en venir avec son *expérimentation*, sa *cité modèle* sans trottoirs, encerclée par les routes, sans compter toute cette architecture anarchique, avec ces ronds à côté de cubes.

— Personnellement, je trouve que cette ville a été conçue très intelligemment, objecta Gilles. Prenez par exemple cette cour d'école, à la Haye-aux-Moines, que l'architecte a installée sur le toit.

— Il l'a mise là-haut parce qu'il n'y avait plus assez de place en bas, lui révéla M. Julien.

— Ou alors ces vieux arbres autour desquels le quartier a été organisé, insista le jeune homme.

— Ils ont été récupérés sur le chantier de la RN5, et replantés à la Haye-aux-Moines au moment de sa construction, lui avoua l'adjoint au maire.

Voyant que Gilles avait la mine pensive, l'élu finit par déclarer :

— Eh oui, chaque ville a ses mensonges originels.

— Qu'importe, lui dit l'animateur, tout me plaît ici.

— Bon, n'en parlons plus, nous ne tomberons jamais d'accord. En revanche j'ai quelque chose à te proposer, lui répondit M. Julien, passant brusquement du vouvoiement au tutoiement. Le maire ne se représentant pas aux prochaines élections, Créteil est une ville à prendre. J'ai de l'expérience, je suis connu de la population, j'ai toutes les chances d'être élu. Toi, tu es jeune, tu incarnes un nouveau souffle. Si jamais tu acceptes de mener campagne à mes côtés, je te mets adjoint. Réfléchis bien.

— Alors, qu'est-ce que ça a donné ? s'enquit Isabelle le lendemain auprès des trois enfants qui entraient dans sa classe.

— On a vendu tout ce qu'on avait, lui répondit le plus âgé de la bande, et il ouvrit en grand son sac pour le prouver.

— Félicitations ! les complimenta la jeune femme.

Bien qu'on soit samedi après-midi, Gilles et elle s'étaient donné rendez-vous à l'école, impatients de voir ce que la quête dans le quartier allait leur rapporter. Depuis, ils n'avaient cessé d'accueillir les enfants, de leur distribuer les marchandises, et de collecter les enveloppes en retour.

— Est-ce qu'il reste encore des porte-savons, monsieur ? s'inquiéta la plus jeune du groupe, qui avait très envie de retourner sonner aux portes.

— Non, désolé, vous étiez les derniers, et le stock est vide, lui répondit l'animateur.

Sur ce, il commença à ouvrir les enveloppes et étala leur contenu sur une table, sous les yeux écarquillés des écoliers.

— Cinq mille deux francs et cinquante centimes, annonça-t-il à l'assemblée quand il eut terminé de faire les comptes.

— Incroyable ! s'écria Isabelle, épatée. Franchement les enfants, vous avez vraiment bien travaillé.

— Il y a eu énormément de dons, sans doute des parents d'élèves, lui précisa Gilles en aparté.

— Avec une somme pareille, on pourrait presque acheter un petit Optimist neuf, lui suggéra la jeune femme.

— Et leur ôter le plaisir d'avoir mené leur projet jusqu'au bout ? Non, il faut qu'ils retapent le voilier eux-mêmes.

— En tout cas, voilà une opération rondement menée, renchérit Isabelle une fois qu'ils eurent mis l'argent sous clef. Tu passes le réveillon de Noël avec ta famille ?

— Non, avec ma fiancée.

Gilles vint ouvrir à Aline avec deux flûtes de champagne à la main quand celle-ci sonna à la porte de son appartement le vingt-quatre au soir.

— J'ai un truc à te dire, lui annonça-t-il d'emblée, l'air très excité, avant de lui tendre l'une des coupes.

— Non, moi d'abord ! lui répondit Aline, qui trépignait d'impatience elle aussi.

— Bon, vas-y, lui dit Gilles, s'effaçant pour la laisser entrer.

— J'ai un super projet, lui déclara la jeune femme.

Elle lui expliqua que le journal *France-Soir*, non

content d'avoir publié son article, venait également de lui proposer un poste de correspondante locale pour la Guadeloupe et la Martinique.

— Tu connais Justin, le président de l'association antillaise. Eh bien, je suis allée lui en parler, et il m'a tout de suite offert de me donner le contact de quelqu'un en Guadeloupe qui serait d'accord pour nous aider à trouver un pied-à-terre provisoire là-bas, et même plus tard un logement.

Elle parlait à toute allure, tandis que Gilles la regardait sans réagir.

— Rends-toi compte, quitter le béton pour pouvoir profiter tous les jours du soleil, de la mer, et de la nature, ce serait le rêve ! débita-t-elle. Bien sûr, les villes guadeloupéennes ne sont pas aussi modernes que ton Nouveau Créteil, mais ce serait une nouvelle page blanche pour tous les deux, l'occasion de tout réapprendre ensemble. Et puis, c'est plutôt rare, non ? d'avoir l'opportunité à notre âge de tenter une telle aventure.

— Comme tu dis, c'est un beau rêve, mais pas très réaliste, lui répondit le garçon l'air sceptique, avant de lui faire remarquer que son projet comportait beaucoup d'inconnues, que la vie dans les îles était beaucoup plus chère qu'en métropole, et qu'il n'était même pas sûr d'y trouver lui-même un boulot. Moi, l'offre qu'on m'a faite est beaucoup plus concrète, reprit-il. Le maire étant trop vieux pour se représenter aux prochaines élections, c'est l'un de ses collaborateurs, l'élu délégué au quartier de la Haye-aux-Moines, qui a toutes les chances de lui succéder. Comme ce monsieur a de l'estime pour moi, il m'a proposé de devenir son adjoint, à condition que je mène campagne avec lui. Adjoint au maire, tu imagines ? Ce n'est pas si souvent qu'une occasion pareille se présente.

Aline considéra un moment son amoureux, l'air dépité.

— Ma proposition est peut-être plus concrète que la tienne, lui dit-elle, car si ton champion n'est pas élu, tu te retrouveras le bec dans l'eau, sans l'Amiral pour voler à ton secours. Et puis, j'ai du mal à comprendre que tu veuilles t'engager aux côtés de ce type que tu as toujours trouvé détestable.

— Bon, dit Gilles en voyant qu'Aline et lui étaient dans une impasse, ce soir c'est la fête, on ne va pas se fâcher. Ce serait quand même dommage de déprimer alors que tout le monde veut de nous. Je te propose qu'on reparle de tout ça tranquillement plus tard.

— Je suis d'accord, lui dit la jeune femme.

Elle s'approcha de la gazinière, sur laquelle un plat mijotait.

— Ça sent bon, qu'est-ce que c'est ?

— Un lapin aux pruneaux. C'est une recette de ma mère, lui répondit le garçon. Vu qu'elle ne m'en refera pas de sitôt…

— Tu sais cuisiner? lui demanda Aline étonnée.

— Quand j'ai le temps et les bons ingrédients sous la main, oui.

Aline souleva le couvercle pour goûter la sauce, qui s'avéra excellente, puis, laissant le soin à Gilles d'éplucher les pommes de terre, elle se mit à déambuler tranquillement dans l'appartement, son verre de champagne à la main, jusqu'à la salle à manger, où elle découvrit, disposés au milieu de la table, des petits boudins blancs, ainsi que divers canapés garnis de rondelles d'œufs durs ou de crevettes, et décorés de brins de persil.

« Un bon point pour lui », pensa-t-elle, ravie, avant de piocher un toast au hasard dans l'assiette.

Libérée de tout le protocole familial, elle n'en revenait pas de se sentir aussi légère un soir de Noël, sans autre préoccupation que de surveiller avec Gilles un lapin mijotant sur le feu. Elle eut le sentiment qu'ils étaient tous les deux ce soir en train d'inventer quelque chose.

« Est-ce que les autres improvisent aussi ? » se demanda-t-elle en s'approchant de la fenêtre, curieuse de voir comment les habitants de la résidence d'en face passaient leur premier réveillon dans ce nouveau quartier.

Dehors il faisait déjà sombre, et elle ne distingua pas grand-chose à part quelques personnes se mouvant sous un lustre ou dans la lueur vacillante de bougies, mais elle éprouva soudainement, et peut-être justement parce qu'elle avait l'espoir de quitter cette ville, l'impression de communier avec eux.

En fin de compte le charme du Nouveau Créteil avait dû agir sur elle à son insu, songea-t-elle amusée, car c'est dans ce territoire neuf, où tout semblait possible, qu'il lui avait été permis de rêver à un autre ailleurs.

Quand Gilles la rejoignit quelques instants plus tard, Aline était toujours devant la fenêtre, à rêvasser. Ils venaient de se réconcilier et voilà qu'elle s'ennuyait déjà, s'alarma le garçon, estimant que ce n'était pas de très bon augure.

« Est-ce que je vais lui suffire ? Est-ce que je ne suis pas trop chiant pour elle ? Vais-je parvenir à la rendre heureuse ? » en vint-il à s'inquiéter pour la première fois.

— Tu vas chez tes parents demain ? finit-il par demander à sa fiancée, histoire d'interrompre ce silence qu'il trouvait malaisant.

— Oui, oui, mais nous avons le temps, j'ai prévu d'y aller pour midi, lui répondit Aline. Et toi, tu vas chez ta mère ?

— Non, elle vient juste de déménager.

— En somme, tu n'as plus que moi, lui déclara la jeune femme sur un ton espiègle, avant de se détourner de la fenêtre pour venir l'embrasser.

Il régnait une ambiance un peu étrange dans le hall de l'hôtel de ville quand Gilles le traversa le trente et un décembre.

— Qu'est-ce qui se passe ici ? Les gens ont l'air dans l'expectative, demanda-t-il à Aline qui se tenait derrière son poste d'accueil.

— On espère tous que le maire va nous libérer un peu plus tôt pour le réveillon, mais chaque année c'est pareil, il attend la dernière minute pour nous prévenir, lui expliqua la jolie brune, qui tuait le temps comme elle pouvait en triant des dossiers.

— Est-ce que tu sais pourquoi l'Amiral m'a convoqué ? s'inquiéta Gilles auprès d'elle.

— Non, pas du tout, lui répondit Aline.

— Bon, j'y vais, à ce soir chez moi alors.

— Pense à passer chercher le gâteau pour chez mes parents demain midi, lui rappela la jeune femme.

— Vous avez demandé à me voir, monsieur? demanda Gilles au maire, l'air penaud, quand celui-ci l'eut invité à entrer.

— Oui, asseyez-vous, je vous en prie. J'ai ouï dire que vous aviez l'intention de partir en campagne aux prochaines élections en compagnie de M. Julien. Il est vrai que je ne me représenterai sans doute pas, mais sachez que cet homme est la dernière personne que j'aimerais voir à ma place. Non seulement je ne vais pas l'accréditer, mais je ferai tout pour dissuader les instances du parti de le présenter. C'est lui qui est le plus éloigné de ma vision et de mon œuvre, vous comprenez?

— Vous m'aviez parlé d'un prochain jumelage de Créteil avec la ville des Abymes en Guadeloupe, est-ce toujours d'actualité? lui répondit Gilles.

L'Amiral parut surpris.

— Ça me permettrait de suivre ma fiancée, qui doit partir vivre là-bas, lui expliqua le garçon.

— Tiens donc, mon jeune ami, vous avez une fiancée. Parfait, vous allez vous occuper du jumelage alors. Je vais vous recommander auprès du maire des Abymes, qui est l'un de mes amis personnels. Il devrait pouvoir vous trouver un poste équivalent là-bas.

— Merci beaucoup monsieur.

— Mais du coup votre sympathique idée de voilier ne verra pas le jour, lui fit remarquer l'Amiral. C'est regrettable et d'autant plus fâcheux que nous ne tenons pas trop à ce que M. Julien développe sa contre-proposition, n'est-ce pas ?

— Certainement, lui répondit Gilles.

Le maire et lui s'absorbèrent dans leurs réflexions.

— Isabelle, l'institutrice de l'école de la Haye-aux-Moines, suit le projet avec moi depuis le début, dit le jeune homme à l'Amiral quelques secondes plus tard, il n'y a pas de raison qu'elle ne continue pas. Pour l'aider, je pense à Justin, un parent d'élève du quartier, qui a déjà des responsabilités associatives, et qui s'y connaît en bateaux. Je vais lui en parler.

— Vous savez, je ne suis pas de ces esprits étroits qui cherchent à retenir contre leur gré les collaborateurs qu'ils apprécient, lui confia le maire, une fois qu'il l'eut raccompagné à la porte. Je respecte trop les gens qui savent prendre des risques pour ça, lui dit-il en guise d'adieu, avant de lui serrer énergiquement la main.

Aline et lui ayant festoyé jusque tard dans la nuit, la jeune femme dormait toujours à poings fermés quand Gilles se réveilla à l'aube le lendemain matin. Au lieu de se blottir contre elle et de se rendormir, le garçon, qui éprouvait le besoin d'aller faire un tour, se leva sans faire de bruit, chercha ses affaires à tâtons, puis s'habilla dans la salle à manger et se fit réchauffer un café, qu'il but noir sur un coin de table.

Dehors, le froid était sec, mais revigorant, et il avança à travers les sentiers comme s'il était seul au monde. Les résidents étant occupés à cuver le vin de la veille, le quartier se taisait, les volets avaient été baissés, et plus rien d'autre ne saillait sous les branches dénudées des arbres que les gros rochers d'ornement, les jeux maçonnés des enfants et les monticules de pierre des placettes. Privé de la présence humaine, le paysage semblait s'être minéralisé.

Tandis que des pétards éclataient au loin, les pas de Gilles l'entraînèrent vers l'esplanade centrale, tout aussi déserte, au milieu de laquelle trônait la rampe monumentale, éclatante de couleurs, et incontournable.

« Pourquoi suis-je venu là ? Qu'est-ce que je cherche ? » se demanda-t-il avant d'emprunter l'escalier pour monter jusqu'au toit-terrasse de l'école, d'où il contempla la vue en tournant sur lui-même comme il l'avait fait la première fois qu'il était venu à Créteil.

Il remarqua d'abord les bâtiments tout autour, les moignons des platanes, quelques terrasses cubiques à ciel ouvert, un espace libre entre deux immeubles qui laissait entrevoir l'université, ainsi que les quatre derniers étages de la résidence la plus proche, dont les fenêtres donnaient à la fois sur la cour de l'école et sur la courette des petits en contrebas, recouverte de feuilles et de mousse.

Levant les yeux, Gilles tomba ensuite sur la dernière

rangée de voitures du garage silo, que l'on apercevait à travers des ouvertures rectangulaires, et qui était surmontée d'une grille verte courant tout le long du toit jusqu'à l'entrée de la passerelle, où une silhouette de piéton dessinée en grosses lettres bleues indiquait la direction du quartier du Palais.

Enfin, dominant le paysage, il distingua les quatre grandes résidences de la Croix-des-Mèches parfaitement structurées, ainsi que les volets marron en accordéon des immeubles en forme d'épis de maïs, et leurs « feuilles » : des corbeilles en béton fixées tout autour du bâtiment, qui servaient de balcons aux appartements.

Rien ne manquait dans le décor, à part peut-être le manège publicitaire à tête de girafe qu'on avait dû déplacer devant un autre appartement témoin, dans un quartier plus récent, et pourtant – était-ce l'influence d'Aline ? – Gilles ne retrouvait plus l'éblouissement du premier jour, cette sensation de liberté et d'espace, qui l'avait saisi à son arrivée à Créteil.

Non, le paysage ne lui semblait plus aussi vaste, et, au lieu d'en avoir une impression d'ensemble, il ne discernait plus qu'une multitude de petits éléments s'ajoutant les uns aux autres : fenêtres, murs, volets, portes, panneaux, comme s'il était à l'intérieur du jeu pour enfants « la Maison », qui reconstituait l'aspect extérieur du quartier au fond de la cour de l'école.

Aline dormait toujours quand Gilles regagna finalement le deux-pièces. Le jeune homme s'approcha tout doucement du lit et se pencha vers elle.

— Alors, on part quand ? lui chuchota-t-il à l'oreille.

— Où ça ? murmura-t-elle avant d'ouvrir les yeux et de regarder autour d'elle, l'air hagard.

— Aux Antilles, lui répondit le garçon.

Un large sourire éclaira le visage d'Aline.

— Je vais faire ma valise alors, dit-elle à Gilles, dans un demi-sommeil.

— Non, tu as le temps, rendors-toi, la rassura le jeune homme.

Puis il l'embrassa et sortit de la pièce.

Le soleil donnait dans la cuisine quand il retourna s'y préparer un café. Sa tasse à la main, il sortit sur le balcon pour en profiter. En se penchant par-dessus la rambarde, il vit que les rails du futur métro Créteil-Université avaient été posés, et que l'armature de la station était déjà pratiquement montée. L'équipement devant être mis en service à la fin de l'été, son inauguration, couplée à celle du centre commercial, promettait d'être grandiose, avec plus de dix mille convives, des conférences de presse, des cocktails, ainsi que des spots publicitaires diffusés sur les radios nationales.

« Je ne pourrai pas voir ça », regretta Gilles, qui commençait maintenant à mesurer les conséquences de sa décision. Il en était à se demander quelles traces de son passage il allait laisser à Créteil, quand lui vint l'idée un peu folle de cacher un objet quelque part, comme les charpentiers dissimulaient autrefois un message au cœur de leur ouvrage, à l'intention de la prochaine génération d'ouvriers.

Il trouva l'objet – un fin collier en or que lui avait offert sa mère –, mais pas la cachette. Il eut beau déambuler dans son appartement et à travers les couloirs de la résidence, il ne dénicha ni fente ni fissure, et en vint presque à regretter ces constructions faites à la va-vite dans un autre quartier, où le plâtre avait, paraît-il, déjà commencé à s'effriter.

Alors, en dernier recours, comme on déclare son amour à une femme, Gilles sortit un couteau de sa poche et grava ses initiales, à côté de celles d'Aline, sur l'envers du garde-corps en bois du balcon.

DE LA MÊME AUTRICE

GÉOGRAPHIE D'UN ADULTÈRE, roman, L'Arbalète Gallimard, 2018.
VILLE NOUVELLE, roman, L'Arbalète Gallimard, 2020.

Composition : Entrelignes (64).
Achevé d'imprimer par Normandie-Roto Impression s.a.s.
À Lonrai, en mars 2025.
Dépôt légal : mars 2025.
Numéro d'imprimeur : 2500989

ISBN : 978-2-07-309000-3 / Imprimé en France.

644159